www.loqueleo.santillana.com

# loqueleo

TAMBIÉN LAS ESTATUAS TIENEN MIEDO
© Del texto: 2010, Andrea Ferrari
© De las ilustraciones: 2010, Pablo Bernasconi

© 2010, Santillana Ediciones Generales, S.A de C.V.

*Loqueleo* es un sello editorial del **Grupo Santillana**. Estas son sus sedes:
ARGENTINA, BOLIVIA, BRASIL, CHILE, COLOMBIA, COSTA RICA, ECUADOR, EL SALVADOR, ESPAÑA, ESTADOS UNIDOS, GUATEMALA, MÉXICO, PANAMÁ, PARAGUAY, PERÚ, PORTUGAL, PUERTO RICO, REPÚBLICA DOMINICANA, URUGUAY Y VENEZUELA.

Esta edición: Publicada bajo acuerdo con
Grupo Santillana en 2019 por
Vista Higher Learning, Inc.
500 Boylston Street, Suite 620.
Boston, MA 02116-3736
www.vistahigherlearning.com
www.loqueleo.com/us

ISBN: 978-1-64101-145-7

Todos los derechos reservados. Esta publicación no puede ser reproducida, ni en todo ni en parte, ni registrada en o transmitida por un sistema de recuperación de información, en ninguna forma ni por ningún medio, sea mecánico, fotoquímico, electrónico, magnético, electroóptico, por fotocopia o cualquier otro, sin el permiso previo, por escrito, de la editorial.

Published in the United States of America.
4 5 6 7 8 9 GP 24 23 22

# También las estatuas tienen miedo

Andrea Ferrari

Ilustraciones de Pablo Bernasconi

loqueleo

Al *Rey* Alejandro, la *Bruja* Carla,
el *Emperador* Adolfo y la *Muñeca* Paola,
que me contaron cómo viven las estatuas

# 1

Escribí la primera lista el día en que decidí ser estatua. Era un domingo, llovía con furia y yo no tenía otra cosa que hacer más que mirar el agua por la ventana y escuchar en la radio a un tipo que cantaba sobre una ola que viene y una ola que va. Pero no decidí ser estatua por la lluvia ni por la canción, sino porque Mimí había dicho la misma frase siete veces en un par de horas.

—Algo hay que hacer.

Y un momento después:

—Algo hay que hacer, digo yo. Alguna cosa *hay* que hacer.

Podía cambiar una palabra o darle al asunto tonos diferentes, según su estado de ánimo o nivel de cansancio, y lo que a la tarde parecía un grito de guerra apache, a la hora de irse a dormir no era más que un murmullo mezclado con pasta de dientes mentol extra fuerte. Pero ella no esperaba respuestas; creo que en realidad sólo lo decía para oírse. A mí, de todas formas, eso me parecía un signo de que las cosas iban decididamente mal para nosotros. Mal y sin muchas posibilidades de mejorar.

Olvidé decir que Mimí es mi madre. Empecé a decirle así cuando era muy chica; no tengo idea por qué: tal vez simplemente no me gustaba la letra a. Yo era bastante rara en esa época. Alguna gente cree que aún lo soy. La cuestión es que me acostumbré a ese nombre y ya no me sale llamarla de otra manera.

Mimí acababa de pronunciar la frase por sexta vez cuando abrí el cuaderno y decidí inaugurarlo con una lista. En realidad, el cuaderno era un diario íntimo que me habían regalado en mi último cumpleaños. Pero a mí no me gustan los diarios: están llenos de confesiones sentimentales y otras estupideces románticas. Éste tenía tapas color rosa y decía en el frente "Mis secretos" con letras y corazones rojos. Estuve por tirarlo, pero al final decidí cubrir la frase con la foto de mi banda de rock preferida y usarlo para hacer listas. Las listas para mí son mucho mejores que los diarios: dicen lo que dicen sin perder el tiempo.

Esto decía la primera:

Cosas que me molestan
1) Mi cuerpo todavía no cambia.
2) Daniel casi nunca me mira.
3) Mimí está demasiado preocupada.
4) Quizás este año no apruebe Matemática.
5) Mi papá.

Sobre este último punto no agregué detalles porque no tenía ganas de pensar y menos todavía de escribir nada que tuviera que ver con él. Pero no era fácil ignorar los algo-hay-que-hacer de Mimí, que venían repitiéndose peor que publicidad de la tele.

Cuando yo volvía a casa y ella pronunciaba el tercero o cuarto del día, empezaba a inquietarme. El centro del problema era que en los últimos meses la plata no alcanzaba para todos los gastos: el alquiler, la comida, mis útiles de la escuela y los pañales del enano. El enano es mi hermano Nacho, quien se resiste a crecer en altura aunque come más que una manada de búfalos. Mimí dice que su ritmo de crecimiento es perfectamente normal y que yo soy muy impaciente, pero ustedes verán a quién creerle.

Por muchos algo-hay-que-hacer que soltara, no había demasiado que ella pudiera agregar a sus tareas, porque trabajaba diez horas por día en un negocio vendiendo ropa y después venía a casa a ocuparse de nosotros. Tampoco se podía esperar mucho del enano, que a los dos años no mostraba ninguna habilidad especial más que su descomunal hambre, y era difícil que le pagaran por ello. Quedaba yo.

Venía pensando en ese asunto desde hacía tiempo. No le había dicho nada a Mimí porque sabía que iba a oponerse a que hiciera cualquier otra actividad más que ir a la escuela. Igual, yo me había armado una lista de posibilidades para ganar dinero, aunque terminé prácticamente por descartar todas. También anoté esa lista en mi cuaderno.

Posibles trabajos
1) Ofrecerme de vendedora en algún negocio (pero no me salen bien las cuentas).
2) Cuidar chicos (pero paso tanto tiempo cuidando al enano que al ver un bebé generalmente tengo ganas de ahorcarlo).

> 3) Tocar la armónica en el subte (pero toco bastante mal. Aunque tal vez me darían plata de lástima).
> 4) Hacer malabares en los semáforos (pero se me caen las pelotas todo el tiempo).

Tenía grabada una frase que una vez me dijo mi tío Antonio: "Uno tiene que descubrir lo que le sale bien antes de hacer nada". Tal vez ustedes se pregunten qué hace él tras pronunciar semejante frase y la cosa no deja de tener gracia. Porque lo que descubrió que le sale mejor que todo son las casitas con escarbadientes. Y le quedan increíbles, es cierto, pero aún no encontró la manera de vivir de ellas. Entonces, es contador en un banco. Porque, según me dijo, lo que le sale mejor después de las casitas es hacer cuentas.

Bueno, a mí no. Quiero decir, ni las cuentas ni las casitas. Así es que venía eliminando de la lista todo lo que se me ocurría hasta que me di cuenta de que lo que a mí me sale perfecto es no hacer nada. De verdad, la gente siempre se asombra cuando me ve sentada en el sillón haciendo nada un rato largo. Es que lo que hago pasa por dentro de mi cerebro: historias, ideas, la cara de

Daniel, jugadas magistrales de ajedrez, el diseño de un pantalón que se hace pollera, todo eso un poco mezclado.

Estuve unos días pensando cómo explotar esta habilidad mía para no hacer nada hasta que una tarde que caminaba por un parque lo tuve frente a mis ojos: tenía que ser estatua.

Seguro que las han visto alguna vez. Se colocan sobre un pedestal con un buen traje y la cara maquillada. Y se quedan completamente quietas, sin pestañar ni rascarse la nariz hasta que alguien les pone una moneda en la alcancía. Entonces se mueven muy despacio, como en cámara lenta, hasta que vuelven a la posición anterior. Por lo que pude ver en un parque cerca de casa, las cosas no les van nada mal porque a cada rato se oye caer una moneda.

Cuando llegué a la conclusión de que iba a ser estatua me sentí eufórica, como si acabara de inventar la calculadora (ya sé que se dice "inventar la pólvora", pero yo creo que el que inventó la pólvora le provocó muchos problemas al mundo; en cambio, el que inventó la calculadora hizo feliz a un montón de gente que ya no tuvo que hacer más cuentas). Durante un día mantuve esa sensación de calor en el pecho y hasta estuve a punto de cometer la estupidez de decirle a Mimí que nuestros problemas estaban por terminar gracias a mi gran idea. Después me di cuenta de que ni siquiera sabía si iba a poder soportar todo ese tiempo sin moverme ni reírme ni estornudar.

Lo primero, me dije entonces, es probarme. Así que un día me paré frente al espejo del baño y ensayé varias posiciones. Me pareció que me quedaba muy bien una con el brazo derecho levantado y la cabeza un poco hacia atrás. Todo muy digno y elegante, como una diosa. Miré la hora y me preparé para aguantar. Al rato nomás sentí que la parte superior del brazo empezaba a dolerme, como si alguien me estuviera clavando agujas. Soporté un poco más, hasta que me pareció que el brazo entero estaba a punto de desprenderse de mi cuerpo y caer, y si me quedaba sin un brazo ya no podría ser estatua, salvo que imitara a la Venus de Milo, no sé si la conocen, que es una famosa estatua sin brazos. Entonces me senté. Miré el reloj: sólo habían pasado siete minutos. Un fracaso.

Me deprimí aproximadamente una hora y media. Después recordé otra frase de mi tío (se habrán dado cuenta ya de que es una persona que acuña muchas frases célebres, aunque un poco ridículas), que dice así: "El que no sabe pregunta, y el que no entendió vuelve a preguntar". Les podrá parecer una estupidez, pero a mí me vino muy bien en situaciones difíciles de mi vida, como cuando me tomé el colectivo en la dirección contraria a la que debía ir y aparecí en Villa Ortúzar, que es un barrio de Buenos Aires que yo nunca había oído nombrar.

Bueno, tenía que encontrar a quién preguntarle cómo ser una estatua. Por supuesto no se lo iba a preguntar a mi maestra, sino a una estatua de verdad. Tuve que esperar hasta el sábado, cuando podía ir hasta un parque donde siempre se paraba una. Así fue como conocí al Rey.

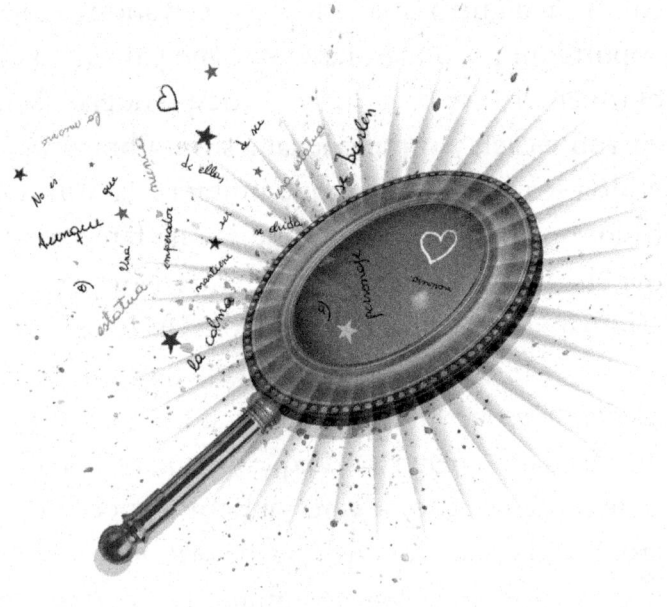

# 2

Cuando llegué a la plaza, el Rey ya se había subido a su pedestal y un grupo de personas lo miraban. Llevaba un traje fantástico, todo blanco, igual que su peluca, su corona, sus sandalias y su capa. Blanquísimos. Mientras estaba inmóvil tenía los ojos cerrados, aunque a mí me parecía que cada tanto espiaba un poco entre las pestañas sin abrirlos del todo. Le pusieron la moneda, él hizo su magnífica reverencia lentamente, miró al público con un asomo de sonrisa en la boca y volvió a la quietud. El grupo (creo que eran turistas alemanes, aunque igual podían ser suecos o norteamericanos, porque las lenguas no son mi fuerte) lo admiró un rato más, comentó cosas que no entendí y siguió de largo. Fue cuando decidí acercarme. No sabía muy bien cómo dirigirme a él y creo que no elegí la mejor forma.

—Oiga, estatua —le dije.

Nada. El tipo ni pestañeó. Insistí, aunque un poco más formal.

—Señor estatua, quisiera hablar con usted.

Otra vez nada. Como si fuera de piedra. Pero yo no me iba a dar por vencida tan fácil, entonces decidí sentarme bajo el árbol que estaba a su lado y esperar. Recordé otra frase de mi tío Antonio, que dice: "Si uno sabe esperar, come la manzana cuando está en su punto justo" (la verdad es que a mí las manzanas no me gustan, pero él me dijo que no interpretara todo literalmente, que lo importante es la parte de la espera, no la de la manzana).

Aproveché el tiempo –una hora, treinta y tres minutos y veinte segundos: tengo reloj con cronómetro– y pensé los argumentos que iba a utilizar para convencerlo de que me enseñara a ser estatua. Los anoté en mi cuaderno.

---

Argumentos para convencer a una estatua

1) Es imprescindible y urgente que yo trabaje.

2) Soy muy buena actriz.

3) En cuarto grado hice de árbol en una obra de teatro de la escuela y

> todos me aplaudieron mucho por lo quieta que me quedé.
>
> 4) Aprendo rápido y molesto poco.

Entonces el tipo se bajó. Lo hizo con modales de rey, como si tuviera a sus pies tres sirvientes esperando para colocarle las pantuflas. De su bolso sacó un cartelito que decía "vuelvo enseguida" y lo acomodó en la base del pedestal. En ese momento yo me acerqué.

—Necesito hablar con usted.

Apenas me miró.

—Sí, ya me había dado cuenta. Pero ahora tengo un descanso de sólo diez minutos y no puedo. Si querés, quedate hasta que termine: me faltan dos horas.

Me pareció un caradura. Con todo lo que lo había esperado y ahora pretendía sacarme de encima así nomás. Yo no pensaba quedarme otras dos horas ahí sentada y cité otra frase de mi tío: "La espera desespera" (ya sé, ustedes dirán que esta frase es contradictoria con la anterior, pero qué pretenden, una persona que produce tantas frases célebres tiene que contradecirse de vez en cuando).

Creo que le hice gracia. El tipo se rió y me dijo que bueno, que podía sentarme con él mientras tomaba su agua mineral y comía su sándwich. Y que hablara, nomás. Como era poco tiempo me apuré y dije todo rápido, pero con bastantes detalles. Su respuesta fueron cuatro miserables palabras.

—No, sos muy chica.

Y siguió comiendo como si nada. Calculé que quedaban al menos unos tres minutos más y volví al ataque: le expliqué que en mi casa no alcanzaba la plata, que mi mamá trabajaba diez horas, que el enano comía como dos dinosaurios en edad de desarrollo y hacía una cantidad increíble de pis –lo cual significaba comprar una pila infernal de pañales–, y que mis maestros insistían en pedir un montón de libros. Me miró.

—¿Y tu papá?

—No está.

Me quedé callada, segura de que venían las preguntas que no quería contestar, pero la estatua mostró por primera vez un rasgo de humanidad y cambió de tema.

—Ahora tengo que volver a trabajar. Si de verdad estás decidida, vení mañana a las once, antes de que empiece. Te voy a dar una serie de ejercicios y trucos para practicar.

Después se levantó y caminó hasta su podio. Antes de subirse se dio vuelta y me volvió a hablar, aunque ahora tenía la voz de un rey. Me pareció más alto cuando levantó la cabeza y dijo con la cara de quien se cree gran cosa:

—¿Y cómo se llama la señorita?

Yo me paré, hice una reverencia y respondí:

—Florencia, para servirlo, Su Majestad.

Creo que sonrió, aunque con tanto maquillaje no era fácil de decir.


No le comenté nada a Mimí, porque podía imaginarme perfectamente todas las objeciones que se le iban a ocurrir para impedirme ser estatua. A las once en punto estuve parada junto al árbol, pero el Rey aún no había llegado. Lo vi aparecer pocos minutos después cargado con sus bolsos y creo que él se sorprendió al encontrarme. Alabó mi puntualidad y me dijo que empezaba bien, porque una de las claves para ser una buena estatua es tomarse en serio el trabajo.

Se veía muy distinto sin el traje y el maquillaje, mucho menos real. Quiero decir, menos real de realeza. Pero mucho más real de realidad. O sea que parecía un tipo común y corriente. Era flaco, un poco pelado y tenía un lunar a un costado de la cara que yo no podía dejar de mirar. Le di unos treinta años y no me equivoqué por mucho: más adelante, cuanto me animé a preguntarle, me dijo que acababa de cumplir treinta y dos. Era actor y cuando no tenía trabajo hacía de estatua, lo que sucedía bastante a menudo.

Pero eso me lo contó mucho después, cuando ya éramos amigos. Aquel día empezó a cambiarse mientras hablábamos. Lo hacía muy tranquilo, ajeno a las miradas de la gente que se sorprendía al ver que por arriba se colocaba el traje y por abajo se sacaba los jeans. Lo hacía muy bien, porque ni por un momento se le vieron los calzoncillos.

Me explicó que ser estatua no es nada fácil y que lo primero es saber estar de pie. Hay que buscar posiciones más o menos cómodas: repartir bien el peso entre las dos piernas y nunca pretender pasar largo tiempo con los brazos extendidos, porque uno corre el riesgo de caer desmayado por el esfuerzo en sólo media hora. Yo, en siete minutos, pensé, pero no lo dije. Me fue mostrando cómo tenía que pararme, cómo poner la mano, el pie o la cabeza, cómo respirar, y qué ejercicios me convenía hacer antes y después para poder aguantar.

—Si querés ser una buena estatua, es muy importante que te *sientas* tu personaje —dijo—.

Si representás a un hada, por ejemplo, todos tus gestos deben ser de hada. Por un rato, tenés que olvidarte de que sos Florencia y convencerte de que tenés alas y podés volar.

No sé si entendí bien todo lo que me decía, pero igual lo anoté en el cuaderno para no olvidarme. Una de las cosas que más me interesó fue lo del maquillaje. Sacó de un pote una crema blanca y espesa y con ella se fue tapando toda la cara: desapareció su piel rosada, el lunar que me hipnotizaba y hasta los puntitos del afeitado. Arriba del maquillaje se espolvoreó con talco, para que no brillara. Me dijo que después hay que sacárselo todo muy bien y ponerse crema, porque de lo contrario la piel te queda peor que una lija vieja.

Cuando estuvo listo guardó todas sus cosas en el bolso y preparó el pedestal con un banquito y una sábana. Entonces dio el asunto por terminado.

—Bueno, ya te conté todos los trucos de una buena estatua —dijo mientras se miraba la cara en un espejo por última vez—. Ahora me voy a trabajar. Dos consejos finales: practicá mucho, para conocer cuál es tu resistencia. Y cuando empieces no te pares al lado de otra estatua: hay que respetar los lugares. Te deseo suerte.

Pero yo pretendía más que sus deseos.

—Rey, te quiero pedir un último favor.
Se dio vuelta.
—¿Qué?
—¿No podría pararme con vos un día para aprender?
—Ni pensarlo. Yo soy muy profesional en mi trabajo. No quiero hacer papelones.

Me enojó que dijera eso. Le contesté que me estaba ofendiendo, porque yo iba a ser una excelente estatua. Suspiró. Creo que se estaba cansando de mí. Pensé que me iba a mandar al diablo, pero en cambio se sacó la capa y la corona y se me acercó.

—Mostrame lo excelente que vas a ser —dijo, mientras me ponía ambas cosas—. Quiero ver a la princesa Florencia subirse al pedestal.

Me tomó por sorpresa. Caminé intentando mantener la elegancia, aunque pisé la capa y casi me voy al piso. Después subí, me paré tal como él me había mostrado y puse cara de nada.

—Yo no veo a ninguna princesa —dijo él—. Sólo veo a Florencia tratando de ser princesa.

Lo intenté otra vez: hice una reverencia muy elaborada y volví a quedarme quieta.

—Sigo sin ver a una princesa.

Este rey me estaba hartando. Lo miré agotada.

—¡Cállate, sirviente! —grité con una voz aguda que no sé de dónde me salió—. Y sácame los zapatos, que voy a descansar.

Ustedes se preguntarán por qué hablé de tú, y yo me pregunto lo mismo: supongo que me sonó más principesco. Entonces me senté sobre el pedestal, extendí un pie, puse cara de mandona insoportable, y me quedé así, inmóvil. Creo que el pie me tembló un poco, pero él me aplaudió.

—Muy bien, princesa Flor. Te ganaste tu día con el Rey.

# 3

Quedamos en encontrarnos dos sábados después, a las once de la mañana, junto al árbol. Yo me había comprometido a practicar mucho durante ese tiempo y a llegar muy bien preparada. Creo que llegué *bastante* preparada, pero para el muy bien me faltaban como dos meses, horas de inmovilidad frente al espejo y una paciencia que no tenía: estaba ansiosa por empezar de una vez.

El Rey me había dicho lo que tenía que llevar: remera, medias largas y guantes, todo blanco. También una sábana. Él me iba a prestar la peluca, la corona y una capa por ese único día en que posaríamos juntos. Subrayó lo de "único", supongo que para que yo no soñara siquiera con pedirle que extendiéramos la prueba. Cuando llegué esa mañana me sorprendí al ver que él también había llevado una silla. La estaba cubriendo con una sábana y unos lazos blancos para convertirla en un elegante sillón.

—Éste va a ser tu trono —me dijo—, no creo que por ahora aguantes mucho tiempo de pie.

Estuve a punto de ofenderme, pero lo pensé mejor. Quizá tenía razón, porque el tiempo máximo durante mis prácticas en casa había sido veintidós minutos antes de que me empezaran a temblar las piernas. El Rey me explicó la idea: yo estaría sentada en el trono y él parado a mi lado, con una mano apoyada en mi hombro. Un gesto paternal del monarca hacia su princesa, que supuestamente iba a emocionar a todo el mundo. Cuando alguien nos pusiera una moneda yo tenía que levantarme, tomarle la mano y hacer con él una especie de suave reverencia. Luego retomaríamos muy lentamente a la posición anterior. Si nadie venía en diez o quince minutos, él me haría una seña para que nos moviéramos igual y pudiésemos cambiar la posición.

Me mostró lo que tenía para confeccionar mi disfraz. Una larga peluca blanca, una corona de plástico pintada con aerosol y unas zapatillas blancas que me iban un poco grandes. El vestido me lo hizo con mi sábana y unas sogas. No quedó muy bien, pero la capa que había traído para mí lo cubría casi completamente.

Ponerme la peluca me costó mucho más que a él, porque tengo el pelo muy largo, en general muy enredado y bastante a menudo visitado por los piojos. Mimí se queja de que no dedico suficiente tiempo a sacármelos, pero se equivoca. Con los piojos es así: aunque uno los combata cada día, ellos siempre vuelven. Me hace acordar a una frase sobre los celos que me dijo mi tío Antonio. Según él, los celosos están condenados a sufrir porque, hagan lo que hagan, los celos viven y crecen en su cabeza: tal vez puedan lograr tenerlos a raya, pero jamás van a desaparecer. Bueno, con los piojos es igual.

Mientras empezábamos a maquillarnos, el Rey me dijo que había algunas reglas básicas que yo debía seguir para posar con él.

—Es lo que yo llamo el decálogo de la buena estatua. Tenés que respetarlo, cueste lo que cueste.

Y empezó a recitar. Yo tomé algunas notas y después pasé la lista a mi cuaderno.

Decálogo de la buena estatua

1) Una estatua no habla jamás.

2) Una estatua no se ríe.

3) Una estatua no bosteza.

4) Una estatua no estornuda (si no se puede aguantar, trata de hacerlo hacia adentro aunque le salga hipo).

5) Una estatua no se rasca (si le pica de una forma insoportable, espera la oportunidad de moverse para hacerlo con disimulo).

6) Una estatua mantiene siempre la elegancia, aun para bajar del pedestal y sentarse a descansar.

7) Una estatua se aguanta la sed, el hambre y las ganas de ir al baño hasta el momento de descanso. Salvo emergencia mayor.

8) Una estatua nunca se olvida de su personaje. No es lo mismo ser emperador que marinero.

9) Aunque se burlen de ella, una estatua mantiene la calma.

Ahí se detuvo. Le dije que eso no era un decálogo porque sólo había mencionado nueve reglas.

—Buena observación —contestó—. La décima te la voy a decir en otro momento.

Cuando finalmente estuvimos listos, me enseñó mi posición de estatua, con las manos sobre la falda y la cabeza levemente ladeada. Antes de pararse junto a mí me acomodó la capa y la peluca.

—¿Tenés miedo?

Me encogí de hombros para no contestarle.

—No te preocupes, es normal —dijo—. También las estatuas tienen miedo.

Los primeros cinco minutos pensé que me iba a morir. Todo me molestaba a la vez: me picaba una pierna, se me acalambraba el cuello y me dieron ganas de ir al baño, aunque supongo que era mi imaginación porque acababa de hacerlo. Pero cuando logré tranquilizarme y dejé que mi mente vagara sin rumbo, las molestias fueron desapareciendo.

Después empezó a llegar la gente. Parecía que nosotros llamábamos bastante la atención porque casi todos se paraban a mirarnos. Yo mantenía los ojos abiertos, fijos en un punto en el horizonte, como me había explicado el Rey, porque no me gusta tenerlos cerrados: me parece que me voy a caer al piso. Trataba de parpadear poco, cuando no me estaban mirando.

Las monedas llegaban a menudo. Entonces él me ofrecía la mano, yo me levantaba muy lentamente y nos mirábamos a los ojos antes de hacer nuestro majestuoso movimiento. Yo oía que alguna gente hablaba de mí.

—Es una nena.

—Mirá qué bien lo hace, tan chiquita.

—¿Serán padre e hija?

Y todo esto en medio del ruidito de las monedas que caían en la lata. Habíamos acordado que tras una hora haríamos el descanso, y no sé cómo calculó el Rey, porque no miró el reloj, pero exactamente una hora después hizo una reverencia ante el público y me susurró:

—Hora de descanso.

Yo había llevado unas galletas y una botella de agua. Comíamos en silencio bajo el árbol cuando él me dijo que lo estaba haciendo muy bien.

—Mejor de lo que yo esperaba —agregó—. Y se está parando mucha más gente de lo habitual.

—Te dije que iba a ser una buena estatua.

No pretendía mandarme la parte, pero como dice mi tío Antonio, "no por ser modesto hay que ser idiota".

Después del descanso sólo nos quedamos una hora más, porque yo tenía que volver a mi casa: había aprovechado el tiempo que Mimí salía con el enano a hacer compras y visitar a una amiga, pero como había evitado decirle dónde estaba, no podía demorarme mucho. El Rey comentó que también a él le venía bien cortar temprano porque tenía una cita a la tarde.

—Le vas a tener que decir la verdad a tu mamá —me dijo después, mientras nos sacábamos el maquillaje—. Si es que pretendés seguir trabajando de estatua.

Le dije que sí, pero que todavía no había pensando bien qué o cómo decírselo, y que con ella hay que ir de a poco si uno quiere evitarse problemas.

Después, cuando ya estábamos limpios y cambiados, anunció que iba a contar la plata que nos habían dado. Entonces abrió la lata y empezó a sacar las monedas y también un par de billetes que miró con sorpresa, porque –me dijo– era raro que dejaran alguno.

Todavía más cara de sorpresa puso cuando terminó de contar.

—Tu presencia fue un éxito rotundo. Hace mucho que no sacaba tanta plata en un rato. Nos dieron cincuenta y seis pesos: veintiocho para cada uno.

Me gustó que dijera eso, porque nunca habíamos hablado del reparto del dinero. Calculé que me alcanzaba para el libro de Matemática que me habían pedido en la escuela y un pote de maquillaje. Porque pensaba seguir siendo estatua. Él sonrió.

—Si querés, seguimos juntos. Al menos un tiempo.

Claro que yo quería.

—Sólo puedo los fines de semana —le dije—. Los otros días voy a la escuela.

—No hay problema.

También resolvimos agregar algunos elementos a mi vestuario para que yo me luciera más. Después él me extendió la mano.

—Princesa —me dijo—, ya somos socios.

Y ese día me convertí oficialmente en estatua.

4

No fue fácil convencer a Mimí. Antes aún que terminara de entender de qué se trataba la cosa empezó a decir que no. Que no, que de ninguna manera, y que no insistiera porque no iba a hacerle cambiar de idea. Que a los doce años yo no podía ni soñar con un trabajo y menos con ese tipo del que no sabíamos nada. Que no me hiciera la loca y me pusiera a hacer la tarea.

Pero yo insistí igual, porque la conozco y sé que a la larga suele ceder. Aunque antes siempre se pone muy nerviosa durante un buen rato. Y cuando ella se pone muy nerviosa quien más se altera es el enano. Ese día le agarró un ataque de hambre feroz y empezó a arañarle las piernas a mamá mientras decía su palabra favorita:

—Comer, comer, comer, comer, comer.

Es que mi hermano todavía no habla bien, sólo sabe unas pocas palabras y las repite hasta que uno tiene un irresistible deseo de matarlo. Tuve que ir corriendo a la cocina a buscar una banana y un yogur para que se calmara un poco. Porque lo que sucede si uno no reacciona a tiempo cuando le vienen esos ataques de hambre es que se come la alfombra. Empieza a arrancar pelusas y metérselas en la boca a una velocidad que asusta. Una vez yo tardé en darme cuenta y cuando reaccioné ya tenía una bola de pelusas enorme y me mordió tres veces mientras se las sacaba.

Así que no sé si ese día le gané por cansancio o realmente la convencí, pero después de dos horas en que yo lancé sin parar todo tipo de argumentos a favor de ser estatua y que el enano se metió en la boca todo tipo de elementos, no siempre comestibles, ella terminó diciendo que podía ir el sábado siguiente a mi encuentro con el Rey, aunque vendría conmigo para conocerlo y dejarle "dos o tres cosas claras". No me explicó qué cosas.


Me hice el traje de princesa con un viejo kimono blanco que me dio Mimí y unos lazos que encontré. Además, me compré mi propia corona de plástico y le di cuatro capas de pintura blanca con unas témperas viejas. Y hasta conseguí prestados unos collares de perlas falsas que me parecieron muy elegantes. La verdad es que hubiera preferido no tener que ir con mi mamá el sábado, pero no hubo remedio. De modo que a las once partimos hacia la plaza los tres porque, claro, el enano también iba.

Empecé a prepararme antes de que llegara el Rey. Lo hice rápido, porque había llevado parte de la ropa puesta. Él apareció cuando me estaba maquillando y mamá lo llevó aparte para hablar sin que yo escuchara. Igual, me llegaron algunas palabras: "muy chica", "estudios", "cuidado", es decir, que ella le estaba dando lecciones de madre al Rey. Me dio mucha vergüenza. Creo que él no dijo gran cosa, apenas lo veía asentir y sonreír como si no quisiera contradecirla.

Pero lo peor fue el escándalo que se armó porque al enano se le había dado por comerse unas flores amarillas que estaban muy bien cuidadas tras una verja y el guardia de la plaza vino a retarla a Mimí por no controlarlo. No fue fácil sacarlo de ahí: las flores le habían encantado y sólo aceptó dejar de gritar cuando le compramos un helado. Al final, mi mamá se lo llevó a casa, pero prometió volver cada tanto a mirar. No sé si por consolarme el Rey dijo que le habían caído muy bien los dos.

Ese día nos fue todavía mejor. Toda la gente que pasaba se paraba delante de nosotros y nos miraba. Y la mayoría ponía alguna moneda para que nos moviéramos. Tanto movimiento terminó por agotarme, aunque la sensación de que éramos un éxito servía para olvidar otras menos placenteras, como los pies hinchados o la marca de transpiración que crecía bajo mi brazo. En un momento noté que había un chico sentado en el césped que nos observaba. Tenía a su lado una botella con agua jabonosa y una de esas escobillas que se usan para limpiar vidrios. Supuse que sería uno de los que se paran junto a los semáforos y ofrecen limpiar los parabrisas, cosa que en general nadie quiere. Se quedó mucho tiempo mirándonos fijamente, pero no hizo ni dijo nada.

Otra gente sí que hacía comentarios. Imagino que mi estatura llamaba la atención o tal vez era, como dijo una mujer, el escaso tamaño de mis pies. Pero de pronto se pararon dos señoras y empezaron a criticarnos mientras me señalaban a mí. Que tan chica y trabajando, que debería estar jugando en vez de hacer de estatua, que me explotaban… Hasta que una de ellas, la más desagradable, que tenía la cara gorda y una sombra de bigote sobre el labio, me miró y dijo:

—¿Vos no tenés mamá, nena?

Me moría por contestarle a la gorda bigotuda. Hubiera querido pelearme con ella y decirle que se mandara mudar con sus opiniones porque no sabía nada de mí ni del Rey, ni de los motivos por los que yo estaba ahí. Pero me mordí los labios y me quedé callada. Regla número uno de una buena estatua.

Después, el Rey me dijo que había reaccionado bien. Que soportar gente odiosa también es parte del trabajo y lo mejor en esos casos es la indiferencia.

Fue algo que aprendí en ese, mi segundo día como estatua. También logré aguantar las ganas de toser que me dieron y la sed, porque hacía un poco de calor. Mientras nos sacábamos el maquillaje, a la tarde, él hizo la pregunta que yo había estado esquivando.

—¿Me vas a contar qué pasa con tu papá?

Por suerte yo tenía el espejo en una mano y me tapé un poco la cara mientras me pasaba una toalla húmeda.

—Se fue hace ocho meses y no sabemos nada de él —le contesté—. ¿Vos qué crema usás después?

—Una humectante cualquiera.

Dijo eso y durante los siguientes minutos evaluamos si era mejor sacarse el maquillaje primero con las toallitas que se usan para limpiar a los bebés o con algodón embebido en crema. Y seguimos con los precios y marcas de las lociones limpiadoras. Pero él no se había olvidado.

—¿Me doblás la sábana del trono? —dijo después, mientras guardaba el traje en el bolso—. Así que ocho meses. ¿Y por qué se fue?

—Guardá el cordón mientras la doblo, que se va a perder. No sé bien por qué: se acababan de separar con mi mamá y dijo que tenía posibilidades de conseguir trabajo en el sur. Al principio llamaba. ¿Te doblo la capa también?

—Sí, pero no tantas veces que se arruga mucho. ¿Y por qué dejó de llamar?

—La doblo en tres, entonces. No sé, el primer mes mandó plata y llamó un par de veces y después, nada.

—¿No le habrá pasado algo?

—No. Cuidado que te estás dejando la peluca afuera. Un amigo de mi mamá lo vio en Bariloche. Está bien, sólo que no llama.

Durante un rato nos dedicamos a embalar todo en silencio.

—Mirá que perderse unos hijos como ustedes —dijo cuando ya estaba todo listo—. Hay que ser imbécil.

Le dije que igual ya no pensaba en eso. Que había otras cosas más importantes en mi vida.

—¿De verdad no pensás? —preguntó con un tono escéptico.

—De verdad —dije.

Por supuesto, mentía.

No sé si toda la gente tiene en algún momento un enemigo. Alguien que parece haber venido al mundo sólo para hacerte la vida imposible. Bueno, al menos yo la tengo. Mi enemiga se llama Claudina.

Los problemas entre nosotras empezaron en primer grado, cuando discutimos por una tontería y ella logró poner a cuatro chicas en mi contra. Eso es lo que más me irrita: el poder que tiene para convencer a otras personas de que piensen lo mismo que ella,

Y hay otras cosas que me molestan. Las anoté en mi cuaderno.

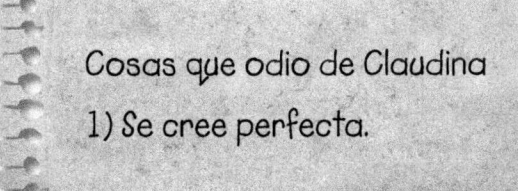

Cosas que odio de Claudina
1) Se cree perfecta.

2) Cuando se pelea con alguien llora delante de los maestros para que la defiendan.

3) Apenas la empujan se tira al piso y dice que la lastimaron.

4) Es linda.

5) Se viste con ropa llamativa para que todos la miren.

6) Le gusta Daniel.

El año pasado empezó a usar corpiño, aunque en verdad el asunto en ese momento no tenía ninguna función, porque no había demasiado para cubrir. Era sólo para mandarse la parte. Pero después cambió y ahora tiene bastante cuerpo. Como dicen las madres, "este año dio un estirón". Los varones, en cambio, dicen otra cosa: "está fuerte".

Y yo, en tanto, nada. Mientras a mi alrededor otras chicas se estiraron por todos lados yo sigo igual. Piernas flacas, cara flaca, cuerpo flaco. Sé que en algún momento va a ocurrir, porque todo el mundo crece tarde o temprano, pero la cuestión me genera bastante impaciencia. Y es evidente que a los chicos les interesan más las que ya se estiraron.

Pero creo que lo que más me molesta de todo es el último punto, es decir que también a ella le gusta Daniel. Y sospecho que hay posibilidades de que ella le guste a él.

## 45

Toda esta introducción fue para explicar lo que pasó un día en que estaba posando en la plaza con el Rey. Una catástrofe. En la escuela yo sólo le había dicho a Julia, mi mejor amiga, que había empezado a trabajar de estatua. No porque me avergonzara, sino porque no me gusta llamar la atención y que todo el mundo me señale y murmure cosas. Ya bastante tenía con Mimí, que cada vez que yo iba a hacer de estatua se daba una vuelta por la plaza para meter la nariz. Ella lo llamaba "controlar que todo estuviera bien", pero lo llevaba al enano, que no tenía mejor idea que pararse a mi lado, tirarme besitos y después gritar como loco porque yo no se los devolvía.

Yo sabía que podía suceder. La plaza queda sólo a cinco cuadras de mi escuela, de modo que era probable que en algún momento alguien me reconociera. Pero hubiera preferido evitarlo. Sobre todo con ella.

Apareció a la tarde, con su grupo de seguidoras. Tres chicas que parecen haber dejado olvidado el cerebro en algún lado porque lo único que dicen es "sí, Claudina".

Supongo que ya debían saberlo: no parecieron sorprendidas de verme ahí. Al contrario, las vi venir de lejos y se dirigían directo hacia el lugar donde estábamos el Rey y yo.

Por un momento tuve la vaga esperanza de que no fuese más que una casualidad, de que ni siquiera me reconocieran. Porque no era fácil, con la cara blanca y la peluca. Pero no, caminaron derecho hasta nosotros y se pararon a mirarnos. Primero unas risitas, unos codazos. Yo nada, como si no me hubiera dado cuenta de que estaban ahí. Después oí que Claudina decía:

—A ver si se ríe.

Y empezaron a saltar a mi alrededor, a hacer morisquetas, a sacar la lengua. Una exhibición de estupidez aguda. Yo me quedé de piedra, como una verdadera estatua. El rato me pareció eterno hasta que Claudina dijo:

—Y qué tal si le hacemos cosquillas.

Ahí empecé a transpirar, porque si hay algo que yo no soporto son las cosquillas. Me ponen histérica. Creo que me salvó un grupo de gente que se paró junto a nosotros y dejó caer una moneda. Entonces nos movimos y noté que el Rey aprovechó para dirigirles una mirada dura, una de esas miradas monárquicas que sólo él es capaz de hacer y que parecen decir: ahora te mando a la horca. Ellas se quedaron calladas y al ratito Claudina dio la orden de partida a sus seguidoras.

—Mejor nos vamos, porque estos dos son aburridísimos.

Se fueron y yo suspiré tan fuerte que se me agitó la peluca.


No hay que ser adivino para imaginar que a partir de ese día las cosas se complicaron. Claudina le contó a todo el que pudo que yo estaba haciendo de estatua y noté que en la escuela me empezaban a mirar raro. Para peor, estaba con ella en el equipo de voley y esa semana nos tocó jugar el partido contra séptimo B. Se suponía que teníamos que desarrollar estrategias conjuntas contra el equipo contrario, pero nos pasamos molestándonos una a la otra. Yo gané en maldad, porque "tropecé" accidentalmente con ella en el momento en que se tiraba a agarrar una pelota, cayó sentada y la pelota le dio en la cabeza. Estuve mal, lo sé, pero no pude evitarlo. Igual ganamos, aunque no gracias a mí. Ni a ella.

Como podía preverse, el fin de semana siguiente hubo un desfile de conocidos para verme. Yo me sentía como un mono enjaulado, porque me daba cuenta de que a la mayoría no le importaba nada de la estatua que componíamos con el Rey: sólo querían ver si yo me movía justo cuando pasaban para decir después que no era una buena estatua.

Tenían, en cualquier caso, diferentes actitudes. Hubo dos chicos que no se atrevieron a acercarse: me miraron desde lejos, medio escondidos tras un árbol, y luego se fueron. También vinieron un par de estúpidas de séptimo "B" que intentaron hacerme reír, pero se rindieron porque yo no moví ni una ceja. Micaela y Ana, dos amigas, me observaron un rato, dijeron que estaba preciosa y antes de irse me saludaron, aunque sabían que no les podía responder.

Parecía que ahí terminaban las visitas. Pero cuando faltaban pocos minutos para que decretáramos el final del día, apareció él. Lo reconocí desde lejos, por el pelo enrulado y esa rara manera de caminar que tiene, como arrastrando los pies. En mi interior pedí por favor que no se acercara, pero mis deseos no se cumplieron. Daniel caminó despacio hasta nosotros y se paró enfrente. Al Rey apenas lo miró: tenía los ojos fijos en mí.

Me empezó a temblar el cuerpo, aunque no sé si se notaba afuera o sólo se movía por dentro. En ese momento él puso una moneda en la alcancía e hicimos nuestro saludo de rutina. A mí el corazón me latía tan fuerte que me pareció que Daniel iba a poder oírlo. Y no sólo él, sino también el Rey, el perro que hacía pis a pocos metros y hasta el vendedor de globos de la otra esquina.

Tuve la sensación de que ese día nuestro movimiento duró más que nunca, aunque tal vez sólo fue porque estaba muy concentrada en detener el temblor. Una vez que recuperamos la inmovilidad, Daniel sonrió y se fue. Al menos creo que sonrió, pero en verdad yo había dejado los ojos en el horizonte, no tanto por ser fiel a mi condición de estatua como por miedo a mirarlo.

Todo eso me había agotado tanto que me pareció que ya el cuerpo no me sostenía. Para distraerme, me puse a pensar en lo que me gusta de Daniel. Después lo anoté en mi cuaderno.

Cosas que me gustan de Daniel
1) El pelo: espeso y enrulado.
2) La risa, que contagia.

> 3) Los ojos.
>
> 4) Los chistes que dice.
>
> 5) La forma de sacudir la cabeza cuando el pelo se le mete en los ojos.

El Rey no mencionó el tema hasta mucho más tarde, cuando yo estaba terminando de sacarme el maquillaje y él guardaba la ropa.

—¿Pasa algo con ese chico que vino al final?

—Es un compañero de colegio.

—Me imagino. Pero mi pregunta era otra.

—¿Cuál?

—Si hay algo entre ustedes.

—Para nada.

—¿No?

—No.

Sonrió y levantó la vista de lo que estaba haciendo.

—Princesa, soy estatua, no tarado.

Yo me encogí de hombros y fingí que me seguía sacando los rastros del maquillaje para poder taparme la cara con el espejo y alejarla de sus ojos.

# 6

Un par de días después mi maestra Paula me dijo que me quedara en el recreo porque quería hablar conmigo. Pensé que podían ser dos temas: la Matemática o mi trabajo de estatua, y no me interesaba conversar con ella ninguno de los dos. Pero uno no se le puede negar a la maestra, así que me quedé.

Hay que ver cómo la conozco: terminamos hablando de ambas cosas. Empezó con la estatua y dijo lo previsible. Que yo era demasiado chica, que no tenía edad para trabajar y que de esta forma estaba descuidando los estudios. Le contesté que eso no era cierto, porque desde que había empezado mis notas no habían bajado.

—Tampoco subieron —retrucó— y sabés que tenés que levantar Matemática.

Estuve por contestarle que si no mejoraba en Matemática era una responsabilidad compartida porque yo –junto con la mitad del grado– no entendía ni jota lo que ella explicaba. Y que debería mejorar sus métodos. Pero pensé que todo eso le iba a caer muy mal. Entonces dije que estaba haciendo un esfuerzo, aunque a mí la Matemática no me gustaba y eso no tenía nada que ver con ser estatua.

—¿Y tus padres qué dicen de este trabajo?

Hice un silencio mientras pensaba qué responder a eso. Al final le dije que mi mamá al principio no estaba muy de acuerdo, pero que lo había aceptado. Que eran sólo los fines de semana. Y que igual no era un verdadero trabajo, sino algo que a mí me gustaba hacer. No se conformó. Hay gente que disfruta metiendo el dedo en la llaga.

—¿Y tu papá?

—Mi papá no opina porque hace ocho meses que no lo veo ni sé nada de él.

Me pareció que le costaba digerir la información.

—Lo lamento, Florencia, no tenía idea —tartamudeó.

Le dije que no había problema, que ya me había acostumbrado. Creo que se quedó mucho más preocupada que yo.


El Rey me habló de los caracoles un día durante nuestro descanso. Me contó la historia de su amiga Mariela, que trabajaba de estatua en la rambla de Mar del Plata. Su estatua era una sirena blanca que se apoyaba en un paredón y miraba al horizonte, como si esperara que alguien llegara a buscarla por el mar. Llevaba puesta una deslumbrante cola donde había cosido infinitas mostacillas blancas que brillaban al sol.

A Mariela le gustaba regalarles algo a los chicos que se detenían a mirarla. Entonces cuando alguno ponía una moneda en su alcancía, ella movía como en cámara lenta la parte superior de su cuerpo, sacaba de una canasta uno de los caracoles que juntaba en la playa y se lo entregaba.

Un día apareció un muchacho en la Rambla y se quedó mirándola como hipnotizado. Contradiciendo todas las reglas de la buena estatua, ella le sostuvo la mirada. Le pareció el tipo más lindo del mundo, con esos bucles dorados sucios de arena y unos ojos color miel que parecían derretirse con el sol. Ésas fueron las palabras que ella usó después, porque había quedado muerta por él. Pero estaba prisionera de su inmovilidad y no pudo hacer nada. A partir de ese día, no dejó de pensar en el tipo: caminaba por las calles de Mar del Plata esperando encontrarlo y hasta lo soñaba por las noches. Pero él no aparecía. Se lo contó al Rey una tarde mientras tomaban mate en la playa.

—¿Cómo, vos también estabas en Mar del Plata?

—Sí, hace dos veranos fui a trabajar allá un par de meses. Te decía, entonces, que me contó la historia y yo le dije que debía estar preparada porque el tipo podía volver a aparecer cuando ella estuviera trabajando y no podía dejarlo ir otra vez.

Así surgió la idea de escribir algo en un caracol. Un mensaje sólo para él. Recorrieron la playa juntos en busca de uno que fuera suficientemente grande para permitir al menos algunas palabras. Ella lo iba a tener separado del resto y cuando el muchacho apareciera lo pondría en sus manos.

Al fin sucedió: unos días después él volvió a pararse junto a ella. La miró largamente y Mariela estuvo a punto de moverse sin que nadie colocara la moneda, del puro terror a perderlo otra vez. Pero la moneda cayó y ella le entregó el caracol. El tipo ni siquiera lo miró. Lo mantuvo en su mano cerrada unos minutos, después le sonrió y empezó a alejarse. Mariela creyó que se le escapaba sin remedio y estuvo por ponerse a llorar, lo cual hubiera sido un desastre con tanto maquillaje. Pero él sólo había avanzado unos pasos cuando abrió la mano y observó el caracol. Entonces volvió, buscó un lugar donde sentarse y esperó a que ella terminara de trabajar. Esa misma noche ya caminaban abrazados por la playa.

—¿Y qué había escrito en el caracol?
—Nunca me lo dijo.

Me pareció una historia preciosa. Pero recién cuando terminó me di cuenta de que el Rey me la contaba con un propósito.

—Podrías hacer lo mismo —me dijo—, tener algo preparado en caso de que aparezca otra vez ese chico que te gusta.

Estuve a punto de negar otra vez que me gustara, sólo por mantenerme firme con lo que había dicho. Pero como dice mi tío Antonio: "Hay un límite para hacerse el idiota". Yo ya lo había pasado.

Esa misma tarde, mientras nos sacábamos los trajes, le dije al Rey que su idea estaba muy bien, pero no tenía sentido porque yo estaba convencida de no gustarle a Daniel.

—¿Por qué? —preguntó—. Si sos muy linda.
—No tengo cuerpo —le dije.

Él se rió.

—¿Qué, te lo amputaron?
—Cuerpo —insistí, dibujando con mi manos una silueta de mujer tipo modelo—, conmigo todavía no pasa nada.

—¿Y eso qué importa? Ya va a pasar. Vos sos linda y sos inteligente, no como esas taradas que vinieron a hacernos reír.

Le dije que seguramente esas taradas le parecían más atractivas que yo a Daniel. El Rey me miró con aire de superioridad.

—Creeme, Princesa, que yo de esto sé. A ese chico le interesás: se le notaba en los ojos.

No sé si fue porque tenía ganas de creerle, pero acepté esa opinión que no tenía el más mínimo fundamento y nos dedicamos a pensar cuál podía ser la estrategia en caso de que Daniel volviera a aparecer. Los caracoles estaban descartados, porque no había de dónde sacarlos. Yo sugerí piedritas de la plaza, pero el Rey me dijo que no había cómo escribir algo en esas piedras oscuras e irregulares. Al final la idea se le ocurrió a él: barquitos de papel. Me dijo que hiciera varios, y si Daniel venía debía fingir que eso fuera parte de la rutina. Un barquito a cada persona que ponía monedas en la alcancía. Sólo que a él le daría uno con mensaje.

—¿Y qué escribo?

—Eso lo tenés que decidir sola.

Me quedé pensando en eso el resto del día. Y la noche. A cada rato me decía que todo era una idiotez, porque yo no le gustaba a

Daniel y él nunca iba a volver a verme en la plaza. Y al momento siguiente pensaba lo contrario. A las cuatro de la mañana prendí la luz de mi habitación y me puse a hacer barquitos. Hice veintisiete. También empecé una lista con lo que se me ocurría para escribir adentro.

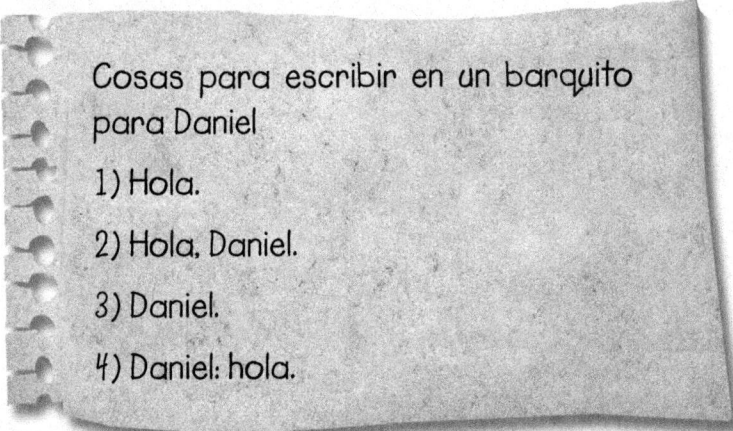

Cosas para escribir en un barquito para Daniel
1) Hola.
2) Hola, Daniel.
3) Daniel.
4) Daniel: hola.

Ya sé que no eran muy variadas. Igual no me decidí por ninguna.

# 7

Un día el Rey me habló del concurso. Se hacía todos los años en una galería y participaban estatuas de distintas partes del país. Había que estar exhibiéndose un día entero (aunque se podía tomar varios descansos, aclaró ante mis ojos de susto) y la gente que visitaba la muestra después votaba la estatua que más le había gustado. Las tres primeras obtenían premios. Él creía que podíamos estar entre las mejores, aunque si nos presentábamos yo iba a tener que mantenerme de pie, porque lo del trono –dijo esto bajando un poco la voz– estaba bien para la plaza, pero no era muy serio.

Ya había estado parada un día en que él no había podido llevar la silla, y tal vez gracias a que habíamos hecho más descansos de lo usual, lo había soportado bastante bien. Entonces le dije que sí, y en los días siguientes nos dedicamos a preparar nuestras posturas y retocar algunos aspectos del vestuario.

Para ese momento, yo ya había mejorado bastante el mío. Acababa de estrenar una peluca nueva que me había comprado en una casa de disfraces. Era muy larga, con unos preciosos bucles, y cuando terminé de blanquearla con pintura en aerosol quedó perfecta, suficientemente pesada para que luciera como el pelo de una estatua y casi no se agitara con el viento. También tenía nuevos guantes, porque los anteriores eran de mi mamá y me quedaban un poco grandes. El Rey aprovechó las ganancias de un buen domingo para comprarse tela para una capa nueva, porque una tarde un perro le había meado la suya cuando acababa de quitársela. Y aunque la lavó, seguía oliendo como un baño de estación de tren, o al menos eso creía él.

Preparamos nuestra postura con cuidado: él me ofrecía una mano abierta y yo apoyaba apenas mis dedos en su palma. Mi cabeza debía estar ligeramente inclinada hacia arriba, de modo que nuestros ojos se encontraran. La clave del asunto, decía el Rey, era lograr el equilibrio justo entre la ternura de una mirada padre-hija y la magnificencia de la imagen rey-princesa. Que la gente babee de emoción, dijo él. Creo que quedamos perfectos.

Igual, cuando entramos a la galería y vi todas esas espléndidas estatuas preparándose, me sentí una pulga insignificante. Creo que el Rey se dio cuenta porque me susurró que no me preocupara, que íbamos a ser los mejores. Después me presentó a todos sus conocidos, que eran muchos: un robot, una bailarina, un emperador plateado, una cabeza sin pies y una novia con traje de cola. Me dijo los nombres, pero me los olvidé enseguida.

Me tranquilicé cuando empezó la muestra, porque vi que también ahí teníamos éxito: mucha gente se detenía a mirarnos y hacía comentarios. Pero en ese lugar no debíamos movernos a cada rato como en la plaza: teníamos que hacerlo lo menos posible, sólo para relajar la tensión. Descubrí que eso era bastante malo, ya que no había muchas oportunidades de cambiar la postura ni rascarse la nariz. Porque eso fue lo que me sucedió: me empezó a picar la nariz de una forma horrible. Por un momento pensé que no iba a poder soportarlo, pero entonces me dije que una tonta nariz no arruinaría mi estatua. Apelé a todo lo que me había enseñado el Rey: me concentré en la respiración y luego dejé que mi mente vagara por asuntos varios, como Daniel, las zapatillas nuevas que me había comprado con mis ganancias y el cuento que tenía a medio hacer para la clase de Lengua. Todo tan lejos de mi nariz que creo que logré derrotarla.

A media tarde llegaron Mimí y el enano, que habían prometido ir a vernos. Oí la vocecita a lo lejos.

—Etatua, etatua, etatua —decía (tiene problemas con la ese).

De pronto me descubrió a mí y empezó a correr para abrazarme. No sé si dije ya que soy el objeto de adoración de mi hermano: creo que nunca habrá otro hombre en el que yo despierte tanto entusiasmo. Me aterrorizó verlo avanzar a la carrera, con los brazos levantados y esa cara llena de baba y galletita de chocolate que pensaba refregar contra mi traje impecable. Por suerte Mimí corría tras él y logró levantarlo por el aire antes de que se me tirara encima.

—¡Forencia! ¡Forencia! —gritó desesperado (también tiene problemas con la ele), mientras pataleaba tratando de liberarse.

Creo que algunas estatuas se rieron por lo bajo (especialmente un vaquero y un dios Zeus que teníamos al lado), pero yo me mantuve inmóvil.

Tras el último descanso, el Rey me dijo que sólo nos quedaba una hora antes del final de la muestra. Yo estaba bastante agotada, pero la idea de terminar pronto me dio energías. Había decidido concentrarme en mi respiración para olvidar el cansancio cuando oí una voz conocida. Deseé equivocarme, porque era la voz de mi tía Alcira, que no es precisamente la preferida entre mis tías. Es la hermana mayor de mi papá y me mira siempre con la nariz algo fruncida, como si estuviera oliendo algo que no le gusta.

Lamentablemente no me equivocaba. Creo que ella tardó en reconocerme, porque venía conversando animadamente con otra mujer, y recién cuando se detuvieron frente a nosotros noté que cambiaba su tono de voz. Yo no la miraba, mantenía inalterada mi postura de princesa, con los ojos elevados hacia el Rey. Pero entonces oí:

—¿Florencia?

No contesté y ella le susurró algo a su acompañante. Se quedaron un rato más mirándonos y luego se fueron. Presentí que pronto volvería a verla y, lamentablemente, tampoco esta vez me equivocaba.

Una vez que la muestra se cerró al público, nos sentamos a descansar mientras los organizadores contaban los votos.

—Los otros estuvieron mejor —le dije al Rey.

—Esperá y no seas pesimista.

Esperamos bastante. Después nos llamaron a todos a una sala en la que había bebidas y papas fritas, donde se leyó el veredicto. No fuimos los mejores, pero salimos terceros. Cuando anunciaron nuestro nombre me puse a saltar de alegría y de pronto me di cuenta de que todos me estaban mirando y nadie más que yo saltaba, lo que me dio mucha vergüenza. El tercer premio no incluía plata, sino sólo los honores, pero me pareció que también el Rey estaba contento. Es buena publicidad, me explicó. Después me regaló el diploma que nos entregaron. Para que siempre me acordara de ese momento, dijo, y le contesté que no pensaba olvidarme nunca en la vida.

Llegué muy feliz a casa con el diploma, que pensaba colgar en mi habitación. Pero Mimí me esperaba con la noticia de que había llamado mi tía, que estaba un poco histérica, y que al día siguiente vendría a conversar. Pregunté si podía estar casualmente ausente cuando llegara o incluso escondida debajo de la cama, pero me dijo que no. Con el tono que le pone al "no" cuando realmente no hay muchas posibilidades de discutir.

Mi tía llegó el domingo a la peor hora, que es cuando yo acabo de levantarme y todavía ni siquiera alcanzo el mínimo de lucidez suficiente como para decir buen día. Ella, en cambio, venía dispuesta a decir montones de cosas. Mientras me vestía oí que discutía nerviosamente con mi mamá. Debía estar echándole culpas por mi decisión de trabajar porque de pronto la voz de Mimí se elevó:

—Si alguien tiene la culpa de esto es tu hermano —le dijo—, que hace ocho meses no aporta un centavo a esta casa.

Mi tía se quedó unos segundos muda. Porque al parecer estaba en la luna: creía que desde el sur, mi papá seguía llamándonos y mandando plata. Pero enseguida recuperó la voz y siguió reprochándole a mi mamá que me permitiera trabajar, siendo tan chica y con tantos peligros acechando en la calle. La conversación se estaba volviendo tensa y el que se puso más nervioso fue el enano. Porque él es como un termómetro, pero en vez de medir la temperatura mide la tensión ambiente. Mimí había servido unos cafés y un plato con galletitas y él empezó a devorárselas todas a un ritmo que crecía junto con el nerviosismo de la conversación y que me hizo temer que se atragantara. Pero nadie le prestaba mucha atención y cuando se acabaron las galletas arremetió con las migas en el suelo, como si fuera una aspiradora viviente. En ese momento mi tía lo vio y pretendió meterle la mano en la boca para sacarle lo que había absorbido. Yo intenté advertirle que no lo hiciera, pero fue tarde: mi hermano acababa de hincarle sus dientes nuevitos y poderosos en el dedo índice. Es cierto que duele, pero igual me parece que ella exageró con el grito.

Yo creo que se lo buscó, porque no es aconsejable andar metiéndose sin permiso en las bocas o en las vidas ajenas. Cuando después, ya bastante molesta por el mordiscón, me ofreció dinero para mis libros del colegio si yo dejaba de hacer de estatua, le contesté que no gracias, que no me hacía falta. Que estaba orgullosa de ser una buena estatua y hasta tenía un diploma. Eso le dije.

# 8

Un diario sacó una foto de las tres estatuas premiadas en el concurso y eso me convirtió en la escuela en una especie de celebridad. No sé por qué la gente piensa que los que salen en el diario son importantes, pero de pronto todos me empezaban a mirar distinto.

En verdad, no se nos veía muy bien en la foto: estábamos al lado de los que habían obtenido los dos primeros premios –Zeus y la bailarina– y apenas se distinguían nuestras caras. Pero ahí estaba mi nombre y el comentario corrió de boca en boca. Hasta hubo algunas chicas de séptimo "B" que vinieron a que les contara cómo había obtenido el premio y una me pidió que le firmara la foto como si fuera una estrella de cine.

Claudina y sus seguidoras descerebradas se pusieron más tontas que nunca. Cuando yo pasaba al lado de ellas alguna gritaba: "Oh, la estatua", y entonces todas se quedaban inmóviles en una posición ridícula.

Decidí ignorarlas, pero no puedo negar que todo eso me molestaba. En esos días hubiera preferido no haber ganado para no verme en el medio de esa racha de fama estúpida. Y un día pasó al lado mío Daniel, me miró y dijo:

—Te vi en el diario.

Me quedé muda. Después se me ocurrieron treinta y siete respuestas distintas que podrían haber servido para alargar la conversación, pero en el momento me bloqueé.

—Ah —dije.

Y eso fue todo. Dije "ah". Creo que fue lo más idiota que hice en muchos años.

No terminaba de decidir si el hecho de que me hubiera hablado de la foto era o no un buen signo. El Rey, en cambio, no tuvo dudas.

—Excelente —dijo—, eso demuestra que le interesás.

—¿Te parece?

—Por supuesto.

Yo había seguido su consejo con respecto a los barquitos y llevaba siete en el bolsillo izquierdo de mi vestido y uno en el bolsillo derecho, que era el que tenía la frase. Al final me había decidido por: "Hola, Daniel. Me gusta que vengas".

Pero no había ido. Es decir, los barquitos llevaban muchos días durmiendo en mis bolsillos sin que Daniel apareciera por la plaza, lo cual nuevamente había hecho caer mis expectativas. Pero me había hablado de la foto. Y eso las volvía a elevar.

El Rey me dijo que tuviera paciencia, que a las cosas buenas hay que esperarlas. Una vez, me contó, había estado esperando seis meses para que una chica le contestara si quería salir con él.

—¿Y entonces se pusieron de novios?

—No, me contestó que le gustaba otro.

Pensé que me estaba tomando el pelo, pero era en serio. La historia seguía con que él esperó seis meses más y entonces sí, la chica ya se había peleado con el otro y se había dado cuenta de que quien le gustaba de verdad era él.

—¿Y se casaron?

—No, teníamos once años.

El Rey no se había casado nunca. Había tenido muchas novias, eso sí, pero me dijo que no le duraban demasiado, nunca más de un año. Ahora no tenía ninguna y por eso andaba siempre mirando para todos lados.

Yo sabía que los problemas con mi tía no iban a pasar tan fácilmente. Mi tío Antonio suele decir que Alcira es más pesada que el iridio. Y eso lo dice porque el iridio, según me explicó, es el metal más pesado del mundo. Cuando mi papá oía esas cosas se enojaba bastante, porque al fin y al cabo Alcira es su hermana. En cambio Antonio es hermano de mi mamá. Pero tiene razón, porque cada vez que a Alcira se le mete algo en la cabeza no hay quien se lo haga olvidar: hasta que no se sale con la suya no para. Eso sucedió el día que me vio de estatua.

Parece que revolvió cielo y tierra para conseguir la dirección de mi papá en el sur, porque él se acababa de mudar y no se la había dado a nadie. Llamó a un montón de gente y mandó dos millones de e-mails hasta que finalmente la tuvo. Entonces le envió una carta y el recorte del diario con el concurso de estatuas. No sé lo que le habrá dicho, pero evidentemente logró hacerle explotar la cabeza porque una semana después mi papá llamó.

Por suerte no atendí yo. Me di cuenta de que algo pasaba porque mamá se encerró en el cuarto y levantó la voz varias veces. Estuvo unos veinte minutos hablando mientras yo trataba de escuchar sin que se notara. De pronto salió y me extendió el teléfono:

—Tu papá quiere hablar con vos.

—No —contesté.

—¿No qué?

—Que no voy a hablar.

Pareció desconcertada por un momento. Después volvió a agarrar el auricular y se lo dijo. Creo que él insistió bastante, pero ella le respondió que no podía obligarme. Entonces pidió hablar con el enano. Hablar es una manera de decir, porque mi hermano no es exactamente la mejor persona para mantener una conversación.

En ese momento estaba haciendo una torre de cubos y dio la impresión que le fastidiaba que Mimí le pusiera el auricular en la oreja. Mientras escuchaba la voz que salía del otro lado puso el último cubo, el que hizo que toda la torre se viniera abajo con un ruido infernal, cosa que pareció hacerle mucha gracia porque aplaudió un rato. Mi papá esperaba. Después Mimí logró volver a colocarle el auricular en la oreja y supongo que él lo intentó comprar con la promesa de que iba a traerle juguetes, porque el enano repitió la palabra el resto de la noche:

—Guete, guete, guete, guete.

Para matarlo.


Más tarde Mimí me informó que mi padre volvería a llamar en dos días para hablar conmigo y quería que reconsiderara mi negativa. Le dije que no lo iba a atender y que era definitivo. Ella me preguntó los motivos y no se me ocurrió ninguno en el momento. Después lo pensé y los escribí en mi cuaderno.

> Motivos para no atender a mi papá
>
> 1) Estoy enojada.
>
> 2) Nos vamos a pelear.
>
> 3) ¿Ahora se le ocurre llamar? ¿Y qué hizo en los últimos ocho meses?
>
> 4) Va a querer comprarme con promesas.
>
> 5) Porque no.

El último motivo me pareció el mejor, porque si él había estado ocho meses sin explicar por qué no llamaba, yo tampoco pensaba ahora explicar por qué no lo atendía.

# 9

Un domingo, cuando estaba a punto de salir de casa con todo el equipo, llamó el Rey para decirme que no podía ir. Que tenía un resfrío espantoso y se iba a quedar en la cama. Hablaba como si alguien le hubiese puesto un gancho en la nariz.

—Si tedés gadas, pdobá sola —dijo.

Le contesté que no, que sola no me gustaba, pero después empecé a dudar. Al fin y al cabo no estaba mal intentarlo un poco por mi cuenta para ver qué pasaba. Mimí y el enano habían salido a hacer las compras, de modo que no tenía a quien consultarle. Igual, seguro que ella me iba a decir que no, así que mejor decidía por mi cuenta. Tomé el bolso y salí.

Mientras me maquillaba me di cuenta de que tenía las manos transpiradas por los nervios. No sé por qué me daba mucho más miedo ser estatua sola: me parecía que la ausencia del Rey me dejaba demasiado expuesta, como si estuviera desnuda.

Pero ya estaba ahí y no me iba a arrepentir antes de empezar. "Para arrepentirse está la eternidad", dice mi tío Antonio. No me pregunten qué quiere decir porque no tengo ni la más mínima idea, pero ésa fue la frase que recordé mientras me acomodaba mi traje y preparaba un pedestal con lo que tenía a mano. Sin el Rey a mi lado, todo cambiaba: tenía una nueva posición y otro saludo para cuando cayeran las monedas. Si caían, cosa que yo empezaba a dudar.

    Pero cayeron. Bastantes, no sé si porque mi aspecto un poco patético provocó pena o porque realmente les gustaba la estatua. A medida que pasaba el tiempo me fui animando y cada vez que alguien ponía una moneda en mi alcancía intentaba un saludo distinto. Me cansé mucho y antes de que pasara una hora decidí tomar un recreo.

Me acababa de sentar bajo el árbol cuando un chico se paró al lado mío. Era el que limpiaba vidrios de autos en los semáforos. Debía tener trece o catorce años. Yo ya lo había visto otras veces mirándome fijamente mientras posaba de estatua, tan fijamente que me ponía nerviosa. Pero nunca se había acercado.

—¿Me puedo sentar acá? —preguntó.
—La plaza no es mía.

Enseguida me arrepentí de responder de forma tan brusca y le ofrecí una galletita del paquete que tenía en la mano. Aceptó y se sentó. A su lado habían quedado la botella con agua jabonosa y la escobilla para limpiar.

—¿Qué tal es ser estatua?
—No está mal —le dije—. Cansa un poco. ¿Y qué tal es limpiar vidrios?
—Horrible. La mayoría no quiere que le limpies y algunos te gritan.
—¿Te alcanza el tiempo del semáforo para limpiar?
—No siempre, algunas veces lo dejo lleno de espuma. Si tienen caca de pájaro queda un asco.
—¿Y te dan plata igual?
—A veces.

Después estuvimos unos minutos en silencio mientras comíamos galletitas. Entonces él me preguntó cuánto se ganaba como estatua. Le expliqué que variaba bastante, según los días, el tiempo y el ánimo de la gente, pero vi que las cifras le interesaron.

—Está bueno, yo saco mucho menos. ¿Te parece que podría hacerlo?

Por un momento estuve por desanimarlo. Se lo veía desaliñado y bastante sucio. Tenía una remera azul estirada y unos jeans demasiado grandes que sostenía con un cordón negro. Y sobre todo se veía inquieto, con una inquietud que le hacía mover el pie constantemente de una manera irritante. No podía imaginármelo haciendo una buena estatua, perfectamente blanco e inmóvil. Pero tal vez nadie me hubiera imaginado a mí misma un tiempo atrás.

—Sí —le dije—, pero tenés que aprender y conseguirte un buen traje. El traje es fundamental.

—¿Me enseñarías?

Hacía apenas dos meses que yo había pedido lo mismo y no podía negarme. Primero le expliqué básicamente la cuestión de las posturas. Después me paré y le enseñé algunos ejercicios para prepararse, de modo de evitar que después le dolieran mucho los músculos. Le mostré los movimientos suaves que debía usar para que sus cambios de posición tuvieran el efecto de cámara lenta cuando alguien le dejaba una moneda. Ponía mucha atención, pero los repetía con torpeza, perdiendo el equilibrio a cada rato.

—Escuchame —le dije en un momento—, a una estatua no le puede temblar el pie.

Debe ser todo muy lento y elegante. Y la cara tiene que mantenerse igual, no podés hacer esos gestos ni sacar la lengua.

—Ya me va a salir —contestó con confianza—, vos dejá que practique un poco. Lo mismo era con los malabares; al principio se me caían todas las pelotas.

—¿Y aprendiste?

—Mejoré bastante —lo dijo muy serio, pero de pronto se rió—. En realidad, no. Me pongo nervioso y hago un desastre.

Pensé que tampoco esto lo iba a lograr. Igual le dije que si se decidía a hacerlo volviera otro día, cuando ya tuviera el traje, para mostrarle el asunto del maquillaje.

—Gracias, piba.

—Me llamo Florencia.

—Yo, Pato. Si un día necesitás algo, ando siempre por la esquina.

# 10

Una de las frases célebres de mi tío Antonio dice que no hay que considerar que un barco ha naufragado hasta que a uno no le llega el agua al cuello. Durante un tiempo no entendí por qué diablos decía eso si nunca se había subido a un barco, pero él me explicó que tiene que ver con no darse por vencido mientras se puede seguir peleando.

Mucho después la frase se aplicó increíblemente bien a la situación con Daniel. Porque, precisamente, de barcos se trataba. Un sábado, cuando yo ya pensaba que el plan elaborado con el Rey no había sido más que un delirio, él volvió a aparecer. Lo vi cuando nos observaba desde lejos, mientras nos movíamos ante un grupo de señoras.

En ese momento pensé que si quería que el asunto del barco de papel pareciera natural con él, tenía que empezar a repartirlos entre la gente que se acercaba. Y ahí mismo, antes de volver a la inmovilidad, saqué uno de mi bolsillo izquierdo y se lo extendí a una mujer canosa que pareció muy contenta. Noté que el Rey me miraba sorprendido. Después paseó sus ojos por el parque hasta que lo detectó a Daniel y sonrió.

Él todavía tardó un rato en acercarse y me dio tiempo a repartir dos barquitos más. Cuando finalmente se paró frente a nosotros me saludó con la mano. Yo hubiera querido contestarle, pero jamás iba a violar mi condición de estatua, de modo que me mantuve inmóvil. Inmóvil y nerviosa, por cierto, ya que me habían asaltado todo tipo de dudas sobre si convenía o no entregarle el barquito con el mensaje. Al fin, cuando él puso su moneda en la alcancía, decidí que sí, pero la mano me tembló de una forma horrible mientras se lo daba.

Él lo agarró, sonrió y se quedó ahí parado. Yo esperaba que lo observara, que encontrara el mensaje, que pusiera cara de algo, en fin, que reaccionara. Pero nada, el muy tonto ni se dio cuenta de que había un mensaje. Se quedó aún unos minutos más, después hizo otra vez un saludo con la mano y se fue.

Me sentí un poco decepcionada, pero por suerte en ese momento llegó mi tío Antonio. Fue una sorpresa, porque como vive bastante lejos nos vemos poco. Pero había prometido que iba a ir a mirarme a la plaza y cumplió. Apenas llegó, se paró frente a nosotros y puso una moneda. El Rey y yo nos movimos lentamente, mientras mi tío nos observaba muy serio. Después sonrió y se sentó en un banco: vi que sacaba un papel y se ponía a escribir algo. Al rato volvió a pararse frente a nosotros, sacó un rollo de su bolsillo, lo desplegó y empezó a recitar. Después le pedí el papel para poder copiar el poema en mi cuaderno. Decía así:

> Aquí vengo a saludar,
> aunque está bastante frío.
> A Flor quería observar,
> que por algo soy su tío.
>
> Me pidió que sea claro,
> que le diga lo que vea,
> que no me quede callado
> si es que la encuentro muy fea.

> Seré entonces muy sincero.
> Deben saber una cosa:
> no existe en el mundo entero
> una estatua más hermosa.

Un viejo que se había parado a escucharlo aplaudió. A mí me hubiera gustado hacer lo mismo, o bajarme, abrazarlo y dejarle la cara llena de maquillaje, pero no pude hacer nada hasta que terminamos, y entonces él ya me había tirado un beso por el aire y se había ido a esperarme en casa.

Durante unos días tuve esperanzas de que Daniel haría algo con mi mensaje. Suponía que tal vez lo leía en su casa y regresaba al día siguiente, pero no sucedió. Luego creí que me iba a decir algo en la escuela, pero me ignoró como si nada hubiera pasado entre nosotros. En la escuela él parecía otro: no me miraba, ni me saludaba. Nada de nada. Fue cuando pensé que definitivamente mi barquito había naufragado. Se lo dije al Rey, pero él sólo se rió. Me contestó que había que darles su tiempo a las cosas: que el barquito viajaba lento pero iba hacia el puerto correcto.

—Lo que tenés que hacer —agregó—, es escribir otro mensaje en un nuevo barquito.

—¿Otro?

—Claro. Si mañana él viene mientras estamos posando de estatuas, ¿qué vas a hacer?

Yo no lo había pensado. Creía que ahora le tocaba a él hacer una movida, porque yo ya había hecho la mía. Y si no había funcionado, significaba naufragio: yo no le interesaba. Pero el Rey insistió en su teoría. Que mi barco estaba recorriendo su camino, aunque tal vez necesitaba el apoyo de una segunda nave.

—¿Yo tengo que mandar una flota completa y el muy tonto no es capaz de hacer nada? —pregunté enojada.

—Él vino hasta aquí —respondió el Rey—, se jugó bastante.

Supongo que me convenció. Esa misma noche me puse a pensar frases para la segunda nave. Las escribí en mi cuaderno.

Cosas para escribir en un segundo barquito

1) Hola otra vez.

2) Qué bueno que volviste.

> 3) ¿Me esperás hasta que termine?
> 4) ¿Te gusta el helado de chocolate?

Las dos primeras me parecieron un poco repetitivas. La tercera era demasiado lanzada. Entonces me decidí por la cuarta, que podía parecer tanto un delirio como una invitación. La escribí en un nuevo barquito que quedó esperando en el bolsillo derecho de mi traje de princesa.

Mi papá no llamó el día que lo había anunciado. Yo no tenía intenciones de atenderlo, pero igual me pasé ese día esperando que sonara el teléfono. A la noche, cuando ya era evidente que no iba a llamar, pensé que se demostraba que yo tenía razón: no tenía sentido hablar con él si ni siquiera podía cumplir con una promesa tan idiota.

Casi una semana más tarde, mamá me dijo que finalmente había llamado en mi ausencia. Ella le comunicó mi decisión: que no iba a atenderlo. Entonces papá le dijo que pensaba venir a Buenos Aires en cuatro o cinco días, apenas consiguiera pasaje. A vernos.

Se lo conté al Rey y le dije lo que había resuelto: que también me iba a negar a verlo. Me miró frunciendo la nariz.

—¿No será mucho?

Durante un rato estuve enojada con él porque me pareció que se estaba poniendo del lado de mi papá sólo por una cuestión de solidaridad entre hombres, o entre adultos. Pero me aseguró que no era eso, que simplemente creía que estaría bien darle una oportunidad para demostrar que estaba arrepentido y que quería arreglar las cosas.

—Es malo no tener padre —aseguró.

Creo que dijo eso porque su papá murió cuando él sólo tenía trece años. Me contó que no se llevaban muy bien, pero igual se había pasado buena parte de la vida extrañándolo. Que le hubiera gustado tenerlo, aunque sólo fuera para pelearse con él.

Pero no me convenció. Para mí eran situaciones distintas, porque su padre no se había mandado mudar como el mío. Yo seguía decidida a no hablarle, ni por teléfono ni personalmente. El Rey se encogió de hombros y dijo que yo era dueña de hacer lo que se me antojara, pero no estaba mal pensarlo un poco.

—¡Papá efelante!

Eso fue lo que me gritó el enano cuando entré. Supe que mi padre había llamado una vez más, ahora para decir que no iba a poder estar en Buenos Aires antes de fin de mes por problemas laborales: faltaban más de diez días. Pensé que sus promesas duraban cada vez menos. Había hablado con Nacho para contarle que tenía un enorme elefante de peluche para él. Con una trompa larga.

—Efelante tompa —me explicó mi hermano.

También me enteré de que mamá le había prometido convencerme de que aceptara verlo. Le contesté que hacía mal en prometer una cosa así, porque no pensaba dejarme convencer por nadie. Ese día todos parecían estar en mi contra. Mientras discutíamos, el enano se puso nervioso y se comió un paquete entero de galletitas de chocolate rellenas que habíamos olvidado colocar suficientemente alto. Después se apoderó de un cenicero donde Mimí había apagado un cigarrillo. Por suerte logramos sacárselo en el momento en que se disponía a tragarse los restos del cigarrillo y la ceniza.

Lo retamos, pero no pareció importarle demasiado. Lo único que hizo fue repetir las mismas palabras el resto del día:

—Efelante papá.

Ya te vas a desilusionar, pensé, pero no se lo dije.

# 11

Pasó otra larga semana en la escuela sin que Daniel me mirara ni hiciera la más mínima mención a nuestro contacto en la plaza. A esa altura yo estaba absolutamente convencida de que no le importaba nada y que sólo había ido a verme posar como estatua para tener algo de qué burlarse. Imaginaba que en algún momento se reunía con sus amigos, les hablaba de mí y se reían mirando mi estúpido barquito. En esos días me odié por haberlo hecho.

Aun así, seguía teniendo el barco nuevo en el bolsillo derecho del traje el sábado siguiente, cuando nos encontramos con el Rey en la plaza. Estaba muy nublado y dudamos si valía la pena cambiarnos, porque se venía la tormenta, y cuando llueve no hay quien se detenga a mirar una estatua. En ese momento pasó Toto, el vendedor de globos, y nos explicó muy seriamente que, según le indicaba su infalible olfato, aún faltaban un par de horas para que llegara la lluvia. No sé bien por qué decidimos confiar en su nariz o en sus conocimientos meteorológicos, pero consideramos que dos horas justificaban ponernos en marcha.

De todas formas, enseguida vimos que el día venía mal. Poca gente, con poca plata: las monedas no abundaban. En un momento cayó una en nuestra alcancía y mientras hacíamos el saludo el Rey me susurró al oído:

—¡Alerta! Blanco a la vista: preparar naves.

Yo lo miré sin entender por qué diablos de pronto me hablaba con ese tonto lenguaje de guerra, pero entonces seguí sus ojos y lo vi. Daniel se acercaba.

Me puse tremendamente nerviosa. El día anterior había decidido que no iba a darle más barquitos, porque estaba haciendo el ridículo. Pero ahora, cuando lo vi caminar hacia nosotros con el pelo agitado por el viento y esos ojos verdes que brillaban aunque estuviera nublado, todas mis decisiones empezaron a temblar. Él se detuvo a cierta distancia y miró, como dudando. Pero enseguida dio dos pasos más y puso la moneda en la alcancía. Durante el saludo, que duraba unos veinte segundos, yo cambié de idea cuatro veces sobre el asunto del barquito y en el último instante decidí no dárselo, pero cuando estaba volviendo a la posición inicial cambié de idea una vez más, lo saqué y se lo di. Ahí vino la sorpresa: él lo tomó y al mismo tiempo me extendió un pequeño papel.

¿Qué dicen las reglas de la buena estatua sobre agarrar un objeto que ofrece alguien del público? Eso fue lo que me pregunté mientras miraba el papelito, pero como no tenía la respuesta lo acepté y lo metí en mi bolsillo. Sin mirarlo. Por supuesto que me moría de ganas de observarlo por delante y por detrás, de analizar cada punto y cada mancha de su superficie, pero me recordé a mí misma que era una estatua y no podía tener una actitud tan poco profesional.

El Rey y yo volvimos a quedarnos inmóviles, aunque yo sentía que en mi interior todo se movía como en una licuadora. Daniel se alejó unos pasos y se sentó junto al árbol. Vi que observaba el barquito y lo hacía girar en su mano. Pero mirarlo no era para mí cosa sencilla, porque él había quedado a mi izquierda y mi posición de estatua-princesa miraba hacia el frente. Entonces yo necesitaba forzar un poco el cuello y llevar los ojos hacia un lado, lo cual me ponía levemente bizca. Creo que el Rey se apiadó de mí. Al rato dijo que era hora del descanso, aunque no habíamos estado parados más de cuarenta minutos. Mientras nos bajábamos, susurró:

—Hoy el día es malo, de modo que podemos prolongar el recreo hasta mañana. Aprovechá el tiempo.

Lo primero que hice al bajar fue sacar el papel de mi bolsillo. El Rey se había parado a mi espalda y también miraba. Había una sola frase, escrita con tinta negra y una letra mínima: "Sos una linda estatua". El corazón me empezó a martillar el pecho mientras me llegaba al oído el susurro del Rey:

—Guau. Está muerto por vos.

No le contesté y caminé hacia Daniel. Me temblaban las piernas, pero creo que con el traje no se notó.


Intenté que mi tono sonara distendido, como si todos los días me fueran a buscar distintos chicos.

—Hola.

—Hola —contestó—. La respuesta es sí.

—¿Sí qué?

—Sí, me gusta el helado de chocolate. ¿Querés que vayamos a tomar uno?

—Bueno, pero primero me voy a cambiar.

Fui hasta donde estaba el Rey y me saqué el traje a toda velocidad, mientras él me ayudaba con el maquillaje. Después Daniel me dijo que la cara me había quedado un poco blanca, pero tal vez fue la palidez que me ataca cuando estoy nerviosa.

Compramos los helados en un puesto de la plaza: los dos de chocolate. Mientras los tomábamos le conté cómo era ser estatua. Él me dijo que su hermano mayor era actor y que estaba haciendo de gigante tonto en una obra de teatro infantil. En la hora siguiente caminamos y conversamos bastante: de la escuela, de una banda de rock, de mi peluca blanca, del gusto asqueroso de unos caramelos nuevos, de que Claudina era una idiota, de una canción que habla de puñales clavados tan profundo. Cuando nos dimos cuenta era tarde y nos teníamos que ir. Me preguntó si me gustaba jugar al bowling. A mí me dio vergüenza admitir que nunca lo había hecho y dije que sí.

—¿Querés que vayamos a jugar el sábado que viene? Hay un lugar acá cerca.

Me puse tan nerviosa que le di tres respuestas distintas. Primero que tenía que preguntar en mi casa, después que era el cumpleaños de mi tío pero no importaba y al final que estaba bien a las cinco y media, cuando terminaba de trabajar con el Rey. Daniel me miró desconcertado.

—¿Entonces sí?

—Sí.

Esa noche escribí una nueva lista.

> Más cosas que me gustan de Daniel
>
> 1) Su letra cuando escribe la palabra "linda".
>
> 2) Cómo tararea las canciones.
>
> 3) Los dientes, sobre todo los de arriba.
>
> 4) Que no le gusta Claudina.

El domingo lloviznaba a la hora del encuentro con el Rey, pero fui igual, segura de que estaría. Estaba. Me dijo que nos cambiaríamos y que le contara rápido lo de Daniel porque no tenía ganas de mojarse como un perro. Empecé por lo que más me preocupaba: el bowling. Iba a hacer un papelón.

—Nada más sencillo —contestó el Rey.
—¿Qué es lo sencillo?
—Aprender. Vamos ahora a ese lugar y te enseño.

Pensé en avisarle a Mimí, pero temí que me impidiera ir. Aunque ya lo conocía bastante al Rey, seguía teniendo esos ataques de madre en que todo le parecía peligroso. De modo que no la llamé y fui igual. Hay que decir que el Rey tuvo una paciencia infinita. Para él todo era muy fácil: tres pasos, leve balanceo de la mano y un-dos-tres, la bola iba derecho a tumbar los palos. Yo lo imitaba: tres pasos, leve balanceo, y un-dos-tres, mi bola iba derecho a la canaleta. A la sexta vez logré tirar un palo y festejé como si fuera campeona del mundo.

    Cuando nos despedimos en la puerta le di un beso en la mejilla. Nunca nos dábamos besos, pero creo que ese día estaba emocionada. Le dije que además de una buena estatua, era un buen tipo. Y que cuando tuviera hijos, seguro los iba a cuidar, no como mi papá. Sonrió.

—Ojalá me toque una princesa como vos —dijo.

Me pareció que ya nos habíamos puesto demasiado sentimentales y me fui.

## 12

El miércoles me levanté más temprano que nunca para repasar, porque teníamos prueba de Matemática, que es algo que yo detesto con toda mi alma. La Matemática, digo. Levantarme temprano también, pero no tanto.

Era una prueba muy importante porque se iba a definir si yo aprobaba o no la materia. Y también mi futuro inmediato: Mimí me había advertido que si no me iba bien las cosas tendrían que cambiar. Porque según ella eso significaría que yo estaba confundida sobre el orden de mis prioridades. Dicho más claramente (a mi madre le gusta dar muchas vueltas cuando habla): que en ese caso tenía que dejar de trabajar de estatua, quedarme más tiempo en casa y estudiar mucho.

Yo había intentado estudiar. De verdad. Pero la realidad se había empeñado en oponerse a ese objetivo. Porque estudiar Matemática ya es difícil, pero si además uno está pensando en que el sábado siguiente va a salir por primera vez con el chico que le gusta y encima el padre a quien uno no quiere ver está por aparecerse en cualquier momento, entonces las cosas son definitivamente complicadas. De modo que ese miércoles fui hacia el colegio con la desagradable sensación de que mi camino estaba cubierto de chinches y que todas apuntaban para arriba.

Extrañamente, la prueba me pareció fácil. Cuando terminé y la entregué me sentía muy tranquila. Pero a medida que pasaban las horas, empecé a inquietarme: si me había parecido tan fácil, eso debía significar que todo estaba mal. Terminé el día segura de que me iba a sacar un dos, o con suerte un tres, que tendría que rendir examen en diciembre, que se habían acabado mis días como estatua y que tal vez ni siquiera me dejaran salir el sábado con Daniel. Intenté poner en práctica una frase de mi tío que dice que cuando uno ve todo negro tiene que cerrar los ojos y pensar que las cosas pueden ser distintas antes de volver a abrirlos, pero no hubo caso. Para peor, por caminar con los ojos cerrados me llevé por delante un perro, lo pisé, aulló y la dueña me insultó. Un desastre.

Cuando al día siguiente la maestra dijo que ya tenía las pruebas corregidas me mordí la uña del dedo índice izquierdo, la única que me quedaba sana. Venía intentando abandonar el vicio de comerme las uñas, pero con todo lo que me había pasado últimamente no había podido contenerme.

Dejó mi prueba para el final, como si buscara hacerme sufrir. Durante el tiempo que repartió el resto, ataqué también los pellejos de la mano derecha. Estaba acabando con el del meñique cuando ella se acercó agitando una única hoja en la mano. Se detuvo al lado mío y la depositó en mi mesa. En un primer momento sólo vi un número uno. Pero luego me di cuenta de que al lado había un cero y como no podía haberme sacado un uno y además un cero, eso significaba que tenía un diez. Ella dijo:

—Te felicito, Florencia.

Yo la miré esperando descubrir algo en su cara o en su voz, algo que me dijera que se trataba de un error o una extraña broma. Porque yo nunca en mi vida me había sacado un diez en Matemática y la sola idea me parecía absurda. Pero no: ella sonreía.

—Veo que te esforzaste mucho.
—Sí —contesté.

Creo que no fue estrictamente una mentira. Porque ella no me aclaró en qué se suponía que yo me había esforzado, y lo cierto es que en los últimos tiempos me había esforzado en muchas cosas. No en Matemática.

—¿Dejaste de hacer de estatua?

—No. Estuve organizando mejor mi tiempo.

Eso también era relativamente cierto. Ella volvió a sonreír, puso una mano en mi espalda, dijo que estaba muy contenta y se fue para adelante. Todos me miraban.

Un diez. Un uno más un cero, todo junto y en Matemática. Creo que fue el golpe de suerte más increíble de mi vida.


Cuando se lo dije, Mimí abrió los ojos de forma desmesurada, como si yo hubiera anunciado que estaba por casarme.

—¿Un diez?

Saqué la prueba y se la di, para que pudiera tocar el diez con sus propias manos.

—Y yo creía que habías estudiado muy poco.

No le confirmé que estaba en lo cierto. Después ella dijo todas las cosas propias de una madre feliz en esas circunstancias, que sería aburrido repetir. Pero me quedó claro que el diez iba a resultar beneficioso en más de un aspecto. Esa noche escribí sus ventajas en mi cuaderno.

> Para qué me sirve el diez en Matemática
>
> 1) Ya no tengo que preocuparme por aprobar.
>
> 2) Mamá no va a seguir molestándome con el tiempo que dedico a ser estatua.
>
> 3) Puedo decirle que el sábado salgo con Daniel y no va a oponerse.
>
> 4) Hasta quizá consiga un pantalón nuevo.

# 13

En los días siguientes Daniel sólo me dirigió la palabra en una oportunidad, para preguntarme por el punto número tres de la tarea de Historia. Yo no entendía por qué se comportaba así. Era evidente que no quería acercarse demasiado, no sé si por vergüenza o por temor a que lo nuestro se notara frente a los demás. A mí se me empezaron a derretir las expectativas, mientras sentía crecer el presentimiento de que, hiciera lo que hiciera, venía el naufragio.

El sábado llegué a la plaza nerviosa y malhumorada. La parte del malhumor tenía que ver con que esa mañana Mimí me había dicho que mi padre podía aparecer en cualquier momento y que yo tendría que enfrentarlo. Sí o sí. Se lo conté al Rey mientras nos cambiábamos y me enfureció descubrir que coincidía con ella.

—No perdés nada —agregó—, escuchá lo que te diga, enojate con él, pero dejá que pase algo.

—No.

—¿Tenés miedo?

—No —contesté, pero él ignoró mi respuesta.

—No está mal tener miedo, Princesa —siguió mientras se ponía la peluca—. Ya te lo dije, las estatuas somos duras pero también tenemos miedo.

Después se subió al pedestal y no volvimos a hablar.

El día se me hizo largo como nunca. Casi todo el tiempo tuve ganas de hacer pis y no pude evitar balancearme mientras posábamos, lo que terminó por molestar al Rey. Mi malhumor no hizo más que crecer a cada minuto. Intenté meterme para adentro, cantar una canción muda, recitar para mí la tabla del nueve o recordar las frases más graciosas de mi tío, pero nada funcionaba. Estaba pensando en decirle al Rey que cortáramos el día más temprano cuando alguien puso una moneda, nos movimos, y lo vi. Estaba lejos y creo que aún no había detectado mi presencia, pero era él: mi papá. Caminaba despacio, mirando para todos lados. Como es bastante corto de vista y suele llevar los anteojos sucios, normalmente no ve las cosas hasta que las tiene frente a su nariz.

En un instante decidí que no iba a estar ahí cuando se acercara. Le susurré al oído al Rey que tenía que irme urgentemente y que si lo veía a Daniel le avisara que me había enfermado. Me miró sorprendido y creo que dijo algo, pero no lo oí. Bajé de un salto del pedestal, tomé mi bolso y corrí. Corrí lo más rápido que pude.

Entonces sucedió algo imprevisto que fue divertido o espantoso, según de qué costado se lo mire. Mi papá me vio y empezó a correr para alcanzarme mientras gritaba algo incomprensible. Y en ese momento me crucé con Pato. Sólo mucho después entendí por qué actuó de la forma en que lo hizo: él creyó que papá era algún tipo de loco que me quería agarrar y no tuvo mejor idea que interceder para defenderme, como un caballero andante. Con sus propias armas, claro: el agua jabonosa. Ese día tenía un balde casi lleno y sin dudarlo se lo tiró a mi papá en la cara.

Cuando oí el grito paré y me volví a mirarlo. Mi padre no lo podía creer: estaba bañado con ese líquido asqueroso que le chorreaba de la remera y le cubría los anteojos. Para cuando los limpió, ya Pato había desaparecido y yo corría lejos de allí.

¿A que ustedes nunca vieron una estatua corriendo por Buenos Aires? Bueno, creo que la gente con la que me crucé tampoco, porque me miraban como si fuera un fantasma. A las dos cuadras, decidí adónde iba: a lo de mi amiga Julia. Entonces me detuve en una parada de colectivo y me puse en la fila. Creo que me quedé muy, pero muy quieta, porque la gente pensó que estaba posando de estatua. De pronto me di cuenta de que alguien había dejado una moneda sobre el bolso que yo había apoyado en el suelo. Una mujer que pasaba por ahí le comentó al tipo a su lado:

—Qué original, una estatua en la parada del colectivo.

El tipo sacó una cámara y disparó tres o cuatro fotos. Después me puso otra moneda sobre el bolso. Entonces me acordé de una frase de mi tío Antonio que dice: "Si llueve café, sacá una taza". Lo que llovía no era café sino monedas, y yo no tenía taza pero sí una cajita de cartón dentro del bolso. De modo que la saqué, la sostuve entre mis manos extendidas hacia delante, e inventé una nueva postura de la princesa Flor. La cosa siguió cuando subí al colectivo, donde practiqué una posición de pie y otra sentada, cuando se desocupó un lugar. Al llegar a lo de Julia no se me había ido el malhumor, pero tenía bastante más plata.

La llamé a Mimí y apenas oyó mi voz lanzó uno de esos gritos que hacen temblar la tierra.

—¿Se puede saber dónde te metiste? Llegó tu papá hecho una furia porque te escapaste y un loco le tiró un balde de agua con jabón.

Mentí un poco. Dije que no sabía nada del loco ni del jabón y que simplemente me había puesto muy nerviosa al ver a mi papá, había salido a dar un paseo y de pura casualidad me había encontrado con mi amiga Julia. Y ahora en su casa me habían invitado a comer y pensaba quedarme. Mimí suspiró.

—¿Y qué le digo a tu padre?

—Que se busque otra cosa para hacer —dije—, porque yo no estoy disponible.

Volvió a refunfuñar y en el fondo oí cómo mi hermanito repetía efelante-efelante-efelante, luego una pausa y otra vez efelante-efelante-efelante. Supe que mi papá le había traído el muñeco.

El segundo llamado fue a Daniel. Había decidido no verlo, porque no quería volver a la plaza ni estaba de ánimo. Igual, me costó como media hora hacerlo, porque levantaba el auricular y el estómago se me empezaba a retorcer de tal forma que tenía que ponerlo otra vez en su lugar. Finalmente Julia me amenazó con echarme de su casa, tirarme un vaso de agua en la cara y cantarme entero el himno a San Martín, o las tres cosas juntas, y llamé. Aclaro que no tengo nada contra San Martín, pero Julia canta muy mal. Por suerte atendió él: le dije bien rápido que no iba a poder verlo porque tenía un horrible resfrío y bastante fiebre. Y tosí tres veces en medio de la frase, cosa de que sonara más verídico. Julia quiso participar en la farsa y me gritó pretendiendo hacer voz de madre que volviera a la cama, que iba a empeorar mi estado. Pero no sé si Daniel se lo tragó porque me preguntó quién hablaba con semejante voz de pito. Al final quedamos para la otra semana. Cuando corté me agarró un ataque de risa, pero en el fondo creo que estaba triste.

Con Julia coincidimos en que a veces cuando una está con un chico se pone tensa y no sabe de qué hablar. Yo temía que me ocurriera eso con Daniel cuando saliéramos y ella me aconsejó que pensara antes algunos temas. Así que me hice una lista esa noche. En realidad hice dos listas, ya que pensé que también era bueno tener claro cuáles temas era mejor no tocar, porque a veces de puro nerviosa digo exactamente lo que me tengo que callar. Las escribí en mi cuaderno.

Temas para conversar con Daniel

1) Grupos de rock.

2) Algunos programas de televisión.

3) Cuando el perro me mordió y me tuvieron que dar tres puntos.

4) Un libro que acabo de leer, que trata sobre un hombre que no se acuerda de nada (no contarle el final).

Temas para NO conversar con Daniel

1) Mi papá.

2) Micaela (creo que él gustaba de ella antes, pero prefiero no saber).

3) Deportes.

4) Besos.

## 14

El domingo hizo uno de esos días que nadie se quiere perder: sol tibio, un viento suave, ni frío ni calor. Supongo que por eso la plaza estaba llena como nunca. Durante dos horas no tuvimos respiro: a cada rato tintineaba una moneda.

En el descanso el Rey me dijo que se iba a hablar por teléfono al bar y yo me quedé bajo el árbol. A lo lejos lo vi pasar a Pato con su agua jabonosa y lo llamé. Cuando se acercó, el orgullo le asomaba en la sonrisa.

—Lo bañé al loco ese que te molestaba, ¿no?

—Él cree que el loco sos vos: es mi viejo.

Pato abrió la boca pero no le salió ningún sonido. Después se fue deslizando hasta quedar sentado a mi lado y me empezó a pedir perdón. Estaba nervioso y tartamudeaba un poco. Le dije que no importaba, que de todas formas yo no quería saber nada con mi papá.

—Igual que yo —dijo.

Sus padres lo habían dejado de chico con una abuela y se habían ido, me contó. Pero ninguno de los dos tenía demasiadas ganas de hablar de su familia y entonces hablamos de otras cosas. Había estado practicando, con un traje armado en base a tres sábanas viejas que logró sacarle a su abuela. Me preguntó por la cara apropiada para un rey, porque él creía poner cara de bobo y una estatua boba no le gusta a nadie. También hablamos de la posición de las manos, de marcas de maquillaje y del dolor de espalda que uno suele tener después de dos horas inmóvil. O sea, fue una típica conversación de estatuas.

Creo que sucedió unas dos horas después, una vez que el Rey y yo ya habíamos vuelto al pedestal. Estaba distraída y cuando lo vi era demasiado tarde. Mi papá ya estaba junto a nosotros y no me podía escapar.

Esperó a que se fuera una gente que se había detenido a mirarnos y cuando no quedaba nadie, me habló.

—Hola, Flor. ¿Podés bajar de ahí para que hablemos un rato?

Yo ni siquiera lo miré. Inmóvil, la mirada perdida. Estatua perfecta. Insistió, obviamente incómodo.

—Vamos, Florencia, dame cinco minutos. Por favor.

Creo que le costó lo último. Pero yo seguía firme. De piedra. Eso por fuera, porque por dentro empecé a sentir que en cualquier momento iba a ponerme a llorar. De pronto vi que el Rey se movía sin que nadie hubiera puesto una moneda en la alcancía. Giró el cuerpo con mucha lentitud hacia donde estaba parado mi padre, levantó el brazo y su dedo índice lo señaló, poderoso y acusador. Entonces su grito tronó.

—¡Plebeyo!

No era su voz verdadera, sino su voz de rey, que es mucho más gruesa y potente. Debe haberse oído en toda la plaza. Yo vi que mi papá se sobresaltaba. No sé si ustedes saben lo que quiere decir plebeyo: yo tuve que preguntarle más tarde al Rey y me dijo que es alguien que no pertenece a la nobleza, que no es ni rey, ni príncipe, ni conde, ni nada. O sea, como nosotros, salvo cuando somos estatuas.

—¡Plebeyo! —volvió a gritar—. Si quieres hablar con la Princesa Flor debes arrodillarte.

Papá lo miraba estupefacto.

—¿Arrodillarme?

El Rey no contestó nada. Se había quedado otra vez inmóvil, con el dedo acusador erguido.

—Pero...

Mi papá me miró y después miró el suelo. Supongo que calculaba si se le iba a ensuciar el pantalón. Entonces sucedió algo inesperado: se rió. Creo que mi papá tiene un sentido del humor extraño, que hace que se divierta ante situaciones que pondrían muy nerviosa a otra gente. Ya otras veces yo lo había visto soltar carcajadas cuando nadie se lo esperaba, pero esta vez me sorprendió por su capacidad de actuación. Hizo una reverencia muy elaborada e hincó una rodilla en el suelo.

—Princesa Flor —dijo entonces sin parar de hacer reverencias bastante ridículas—, quisiera hablarte. ¿Tendrías unos minutos para dedicarle a este humilde servidor?

Me pareció que el Rey también se estaba tentando con las payasadas de mi papá. Bajó el brazo y se inclinó suavemente hacia mí con una sonrisa contenida.

—Princesa, creo que puedes concederle unos minutos al plebeyo.

Me extendió la mano y yo bajé. Por primera vez en muchos meses, esa tarde hablé con mi papá.

En verdad, habló él. Nos habíamos sentado en un banco bajo la sombra de un árbol, yo con mi traje de estatua, él con su cara de estas cosas no me resultan fáciles. Habló mucho y creo que me olvidé casi todo lo que dijo.

Pero sé que pidió perdón y dijo que algo había andado mal en su cabeza, algo que lo hizo olvidarse de nosotros. En realidad nunca entendí bien por qué se olvidó.

También hubo promesas. Muchas promesas de que todo había cambiado y de que conseguiría un trabajo en Buenos Aires para regresar. Y hasta ese momento iba a mandar plata.

—No es necesario que sigas trabajando de estatua —dijo.

—¿Y quién te dijo que quiero dejar?

Me pareció que se sentía un poco confuso. Supongo que estaba considerando si le convenía ordenarme que lo dejara. Si fue así, concluyó que las cosas no estaban para eso, porque se quedó callado. Como dice mi tío Antonio, "cuando las papas queman, mejor no comérselas": creo que eso pensó mi papá. Al rato yo le comuniqué que tenía que volver a trabajar. Cuando me estaba levantando dijo que hacía bien de estatua. Me contó que cuando era adolescente él había actuado en varias obras y que quizá debería haberse dedicado a ser actor. Agregó que si tenía ganas de estudiar teatro él podía ocuparse de conseguir un lugar. Todo me pareció interesante, pero no se lo dije.

—La Princesa Flor no tiene más tiempo —me despedí haciendo un saludo real y me fui.

Esa tarde, cuando ya habíamos terminado y nos estábamos sacando el maquillaje, le hice al Rey una breve síntesis del encuentro con mi papá. Me escuchó con atención, pero no dijo gran cosa.

—Vos —le recordé al final— te moviste y hablaste. Violaste completamente el decálogo de la buena estatua.

—No lo violé —contestó—, apliqué la regla número diez, la que nunca te dije.

—¿Y qué dice?

—Que todas las reglas anteriores tienen su excepción. El día de hoy era una excepción.

# 15

El domingo por la noche pensé que al día siguiente tenía que volver al colegio y que eso implicaba un grave problema. Porque Daniel se iba a dar cuenta de que yo estaba fresca como una lechuga (nunca entendí por qué se dice esa frase: ¿y qué hay con las lechugas marchitas?). O sea: que no tenía ni huellas de la tremenda gripe, y que le había mentido. Tal vez se imaginaría que todo había sido una excusa para no verlo. La idea me horrorizó. Como primera opción pensé en no ir a la escuela. Le pregunté a Mimí si no le parecía que el diez en Matemática merecía un buen premio, como dejarme faltar. Me contestó que no me hiciera la viva y preparara la mochila.

Como segunda opción pensé en enfermarme un poco. Chupé dos hielos, porque siempre oí decir que eso hace mal a la garganta. Pero nada: descubrí que la gente no tiene idea de nada en lo que respecta a los hielos. Después salí al balcón en remera de mangas cortas, aunque corría un viento fresco, y me quedé ahí diez minutos en busca de un resfrío. Cuando entré me sentía bastante congelada, pero a la media hora estaba otra vez perfecta. Mi tercer intento fue atarme un pañuelo mojado alrededor de la cabeza, ponerme una toalla húmeda en los pies, y abrir la ventana de mi habitación. Alguna vez alguien me dijo que era una receta infalible para enfermarse. Pero cuando ya estaba sintiéndome un poco mal entró Mimí y se puso a gritar si se me habían aflojado todos los tornillos o qué. Y eso que no había visto la toalla. Yo me saqué rápido el pañuelo y le expliqué que lo hacía porque me dolía un poco la cabeza, pero creo que ni me escuchó. Cerró la ventana de un golpe mientras murmuraba que la adolescencia es una caja de sorpresas, lo que se viene convirtiendo en su nueva frase favorita. Aunque hay que tener en cuenta que técnicamente todavía no soy adolescente.

Al fin decidí que si no podía enfermarme iba a tener que fingirlo. El lunes me levanté temprano y usé mi maquillaje para palidecer. Después me enrojecí un poco la nariz, me abrigué exageradamente y me enrosqué una gruesa bufanda al cuello, que no me saqué en todo el día. Pero lo fundamental fue la actuación. Caminaba despacio y cruzada de brazos, como para protegerme de un frío inexistente, cada tanto tosía y la voz me salía gangosa. Cuando en un recreo Daniel se acercó y me dijo que en ese estado debería de haberme quedado en cama, pensé que tal vez el teatro fuera realmente lo mío. Al menos los personajes enfermos me salen de maravilla.

Vi una vez más a mi papá antes de que regresara a Bariloche. Allá tenía un trabajo en una empresa de construcciones y había conseguido sólo unos días para viajar a Buenos Aires. Nos vino a buscar a casa para salir a tomar el té a una confitería y al principio caminamos en silencio. El enano le daba una mano y con la otra arrastraba a su nuevo elefante, que no quería dejar ni para dormir. Yo iba por mi lado. Después él me pasó el brazo por los hombros y volvió a decirme que estaba intentando ser trasladado a la capital para estar cerca de nosotros, y que hasta tanto eso se concretara iba a llamar todas las semanas.

Él actuaba como si nada hubiera pasado en todos estos meses, pero a mí me resultaba extraño. Todo era raro: hasta él se veía distinto, más flaco, más nervioso, menos divertido. En la confitería me interrogó un buen rato: sobre mis notas en Matemática, sobre mis amigos, sobre el Rey. Me pareció que el Rey le caía mal, supongo que porque lo había forzado a ponerse de rodillas. Yo le dije que era la mejor persona del mundo y contestó que siempre era muy exagerada.

Nos trajeron lo que habíamos pedido, café para él, leche para el enano y jugo para mí, junto con unos tostados de jamón y queso que estaban muy buenos. Mi hermano se comió todo el suyo y la mitad del de papá, y después quiso lamer las migas de la mesa, algo que le encanta, pero no lo dejamos. Al rato papá volvió a la carga con el asunto de que yo debía dejar de trabajar de estatua, así dedicaba más tiempo a los estudios. O a otras actividades, como una escuela de teatro.

—Lo voy a pensar —le contesté.

Creo que estaba irritado con mis respuestas. Me preguntó si lo había perdonado. Le dije que también eso lo estaba pensando. Pero no fue para molestarlo, sino porque realmente aún no lo sabía. Insistió: pienso que quería que yo le dijera que sí aunque no fuera cierto. Estuve a punto de citarle una frase de mi tío Antonio que dice que la verdad es como la mona: "Aunque se vista de seda, mona queda". Pero desistí, porque papá no está entre los fans de mi tío Antonio. En cambio, le dije que aún teníamos que ver qué pasaba: cómo podía saber yo que no iba a volver a hacerse humo. Gruñó un poco y cambió de tema.

# 16

Habíamos quedado a las cinco y media, pero yo decidí cortar el trabajo a las cinco para poder cambiarme y sacarme el maquillaje con tranquilidad. En verdad tranquilidad era lo que me faltaba, pero tenía muchas otras cosas: nervios, dolor de estómago, un moretón en la pierna y hambre. A las cinco y veinte estuve lista y me senté bajo el árbol a esperar. A las cinco y veintitrés me atacó el presentimiento de que él no iba a venir y yo estaba perdiendo el tiempo. A las cinco y veintiocho tuve un momento de esperanza, porque me pareció verlo llegar desde lejos, aunque después me di cuenta de que no era él. A las cinco y treinta y dos estuve absolutamente segura de que no vendría y empecé a preparar mis cosas para irme mientras me lamentaba por ser tan crédula y estúpida. A las cinco y treinta y seis me paré y le dije al Rey que me iba; él me preguntó si estaba loca. A las cinco y treinta y siete llegó Daniel.

La espera me había puesto tan nerviosa que no supe qué decir mientras caminábamos hacia el bowling. Por suerte él se puso a contarme que su hermano había empezado a escribir una obra de teatro. Me preguntó si yo escribía algo y le conté el asunto de las listas. Le encantó. Ahí mismo empezamos a elaborar dos listas juntos: mejores sabores de helados y mejores canciones. Después las pasé a mi cuaderno.

Mejores helados

1) Frutilla granizada con chocolate.
2) Dulce de leche con nuez.
3) Chocolate blanco.
4) Coco.

Mejores temas

1) Crímenes perfectos.
2) El rebelde.
3) Como Alí.
4) A destiempo.

La segunda fue aun más fácil que la primera, porque descubrimos que teníamos gustos musicales muy parecidos. Mientras que con los helados discutimos bastante (aunque insistí mucho, no quiso incluir sambayón y yo me negué rotundamente a la mandarina), alcanzaba que uno sugiriera una canción, para que el otro coincidiera de inmediato. Creo que en ese momento se me empezó a ir el dolor de estómago.

Pese a las lecciones del Rey, en el bowling yo demostré ser la persona más torpe que alguna vez hubiera pisado ese lugar, cosa que a Daniel pareció hacerle gracia. Intentó enseñarme, guiando mi mano cuando lanzaba la bola, pero en mi mejor tiro logré derribar sólo dos palos. Nos reímos bastante de mis fracasos, me puse un poco colorada y creo que dije tres o cuatro estupideces, pero en general me dio la impresión de que los dos la pasábamos bien.

Cuando salimos de ahí comentó que yo le parecía muy valiente por animarme a ser estatua. La primera vez, dijo, había ido a verme por curiosidad y había dudado mucho antes de volver y darme el papel porque era muy tímido. Le contesté que yo había cambiado de idea sobre el asunto de los barquitos unas setecientas ochenta veces. Nos reímos. Sentí que todo iba bien, que no podía ir mejor. Y cuando estaba pensando eso dimos vuelta en la esquina y en la vereda de enfrente vimos caminando a dos chicos del grado: Lucas y Esteban. Creo que eran bastante amigos de él. Nos miraron, me pareció que con sorpresa. Entonces Esteban le dijo algo al oído a Lucas, que se rió fuerte y nos volvió a mirar. Después siguieron de largo.

Noté que Daniel se ponía tenso. Durante unos minutos ninguno dijo nada, pero él miró la hora dos veces. Caminamos tres cuadras más y murmuró que era bastante tarde. Me pareció que las cosas se habían echado a perder irremediablemente: a él le había dado vergüenza que lo vieran conmigo y quería irse. Le dije que no hacía falta que me acompañara a casa, que podía ir sola. Supongo que mi voz sonó enojada.

Él me contestó que no estaba apurado, pero que si yo me quería ir no había problemas. También su voz sonó enojada.

—Te dio vergüenza que nos vieran, ¿no? —preguntó.

—No —dije—, me parece que a vos te dio vergüenza.

—¿A mí? No, para nada.

Caminamos otra cuadra en silencio y después me preguntó si quería tomar un helado. Dije que sí y compramos unos cucuruchos increíblemente grandes, bañados en chocolate. En la heladería había dos nenes chiquitos que cantaban tomados de la mano una canción que yo había aprendido en el jardín de infantes sobre una lechuza y un lechuzón que juegan al ping-pong. Se lo dije y él también la sabía: la cantamos juntos muertos de risa. De pronto la tormenta se había alejado y otra vez nos sentíamos bien.

Era imposible comer semejantes helados sin mancharse: me ensucié bastante la remera con chocolate, pero me sentí feliz.


Daniel me acompañó hasta casa, aunque insistí con que no era necesario. En la puerta hablamos de volver al bowling la semana siguiente, para ver si yo lograba mejorar un poco.

—Si tenés ganas —agregó—. Si no, podemos hacer otra cosa.

—El bowling está bien —contesté.

Después se hizo un silencio y me decidí a decir lo que estaba pensando.

—Mejor no le digamos a nadie. Así no nos cargan.

Él sonrió. Creo que se sintió aliviado.
—Perfecto.
Después se acercó, me dio un beso y se fue.

Decidí considerarlo mi primer beso de verdad, aunque no fue estrictamente en la boca. Fue mitad en la boca y mitad a un costado. No sé si eso sucedió porque él estaba nervioso o porque tiene mala puntería. Tampoco voy a decir qué se siente con el primer beso: si quieren saberlo vayan y besen a alguien. Pero me gustó.

# 17

Carmen apareció el primer fin de semana en que hizo mucho calor. Era un calor a destiempo, porque recién terminaba octubre y faltaban casi dos meses para el verano. Por eso la gente andaba con esa cara de sorpresa, arrastrando suéteres y camperas que se habían puesto por la mañana sin saber que en la calle los esperaba esa masa compacta de aire veraniego que provocaba ganas de dejar todo y tomarse vacaciones.

Fue la primera vez que pensé seriamente en abandonar mi trabajo de estatua. Me acababa de poner el traje, con medias, guantes, peluca y capa y ya transpiraba como en un colectivo en hora pico. Transpirar resulta fatal para esa capa de maquillaje grueso con la que me tenía que empastar la cara.

Mi papá había insistido en nuestra última conversación con que dejara de ser estatua, pero yo no lo había tomado en serio. No había motivos para hacerlo. Para empezar, pese a sus múltiples promesas sólo había llamado dos veces en los veinte días que habían pasado desde su partida. Y no había vuelto a mencionar la posibilidad de venir a vivir a Buenos Aires, por lo cual empecé a sospechar que nunca había sido muy cierta. Dijo, en cambio, que tal vez el enano y yo podíamos ir unos días a Bariloche durante las vacaciones. Sonaba bien, porque no conozco Bariloche, pero no le contesté nada, un poco para hacerlo rabiar y otro poco para no hacerme ilusiones con algo que tal vez nunca se cumpliera.

No era por él que pensé en dejar de ser estatua. En verdad también Mimí me alentaba a que lo hiciera, porque ahora estábamos mejor económicamente y decía que yo debía ocuparme de dar bien todas las pruebas de fin de año en la escuela y luego aprovechar mis vacaciones. Y estaba Daniel, que pensaba algo parecido. No la parte de las pruebas, sino la de las vacaciones.

Pero fue el calor el que me hizo tomarme en serio todo el asunto. No le dije nada al Rey mientras nos vestíamos porque no sabía cómo encarar el tema. Sólo le comenté que ese día iba a quedarme únicamente hasta el descanso, ya que tenía un cumpleaños a la tarde y con Daniel habíamos quedado en llegar a la misma hora.

—No hay problema —dijo mientras se secaba una gota de transpiración que se abría camino hacia su ojo izquierdo—. Igual hoy no va a ser un buen día.

Una hora más tarde ya estábamos cansados, ensopados y con ganas de irnos, si bien, contra las predicciones del Rey, el día era bueno y nos habían dejado muchas monedas. Yo miraba la fuente en el medio de la plaza, de donde apenas brotaba un pequeño chorro de agua pero que ese día se me antojaba un manantial delicioso para ir a sumergir la cabeza. Y por ese camino la vi venir a Carmen. Es decir, vi venir a una chica, porque yo aún no la conocía. Pero me di cuenta de que también el Rey la estaba observando fijamente. Ella tenía ojos grandes, el pelo negro muy largo y parecía ser la única persona en todo Buenos Aires que se había vestido de modo apropiado para ese calor, con una remera corta que dejaba ver su ombligo. Y allí fue donde se quedó enganchada la mirada del Rey: en el ombligo. Se le quedó enganchada y no la podía despegar, me pareció a mí.

Recién me di cuenta de que se conocían cuando ella lo saludó con la mano y le indicó con un gesto que lo esperaría bajo el árbol. El Rey soportó, creo, unos siete minutos. Después me dijo que era hora del descanso.

Fuimos hacia el árbol, donde los dos habíamos dejando los bolsos, y me la presentó.

—Carmen, una amiga.

Eso fue todo lo que dijo. Yo me excusé de darle un beso, porque entre la transpiración y el maquillaje estaba hecha un asco. Empecé a sacarme el traje, pretendiendo estar ajena a su conversación, aunque por supuesto intentaba no perderme palabra.

Ella también era estatua. Ésa fue mi primera conclusión porque se pusieron a hablar de tiempos pasados, cuando uno posaba de Mozart y la otra de diosa griega, y habían hecho sensación en la calle Florida.

—Las cosas ya no son como antes —dijo ella—. Ahora hay demasiadas estatuas y la gente se acostumbró. Hay que pensar en algo distinto.

Eso era el objetivo que ella traía: proponerle algo distinto para hacer entre dos. Le empezó a explicar que acaba de volver de viaje y en el exterior había visto unas estatuas fabulosas, que imitaban a las famosas. O sea, a las de verdad. Se colocaban en la pose exacta y a los pies ponían una foto del original, para que la gente comparara.

—Se vuelven locos, te aseguro. Podríamos hacer *La Piedad*: yo sería la Virgen que sostengo en mis brazos a Jesús. O sea, a vos. Se pone un sostén en el medio para que te apoyes y yo no muera bajo tu peso. Pero luego lo tapamos con sábanas. Queda perfecto.

Después el Rey me explicó que *La Piedad* es una estatua famosísima de Miguel Ángel que está en Italia. Muy entusiasmado, él le sugirió a Carmen otra posibilidad: representar *El beso*, la estatua de Rodin. Son un hombre y una mujer que… bueno, ustedes ya se imaginan. Después de oír eso me corrí hacia un lado para terminar de sacarme el maquillaje, y fui en busca de un baño.

Cuando volví, Carmen se había ido. El Rey me dijo que habían quedado en verse al día siguiente para empezar a preparar la estatua que harían juntos. Era evidente que estaba muy contento.

—Pero no te preocupes —me dijo enseguida—. Yo puedo trabajar unos días con ella y otros con vos.

—Igual yo estaba pensando en dejar.

—¿Por qué? ¿Por tu papá o por Daniel?

—Un poco por todo —le contesté—. Además, así te dejo tranquilo para que trabajes más tiempo con Carmen.

Y sonreí. Él se puso serio.

—Mirá que con ella no pasa nada, ¿eh?
A mí me dio un ataque de risa.
—Rey, soy estatua, no tarada.

# 18

Mi papá no se acordó de mi cumpleaños. Era un viernes, y aunque traté de olvidarme de él, el asunto me estuvo zumbando todo el día como uno de esos mosquitos que se te meten en la habitación de noche y no te dejan pensar en otra cosa.

Mimí me dio mi regalo a la mañana: unas botas fabulosas que había estado mirando en una vidriera desde principios de año. Después fui a la escuela y ahí todo anduvo bien: me tiraron mucho de las orejas, me pegaron en la espalda y me cantaron el feliz cumpleaños en el oído.

En casa traté de pensar en otras cosas. Ordené un poco mi habitación, cosa que Mimí definió como un evento único en la historia de la humanidad, comparable a la invención de la electricidad –ella tiene una tendencia a exagerar un poco–, y salimos a comprar comida y bebidas para el día siguiente, cuando iban a venir mis amigos a festejar. Más tarde hicimos una torta de chocolate con relleno de crema que nos quedó increíble.

Pero el asunto me volvía a la cabeza una y otra vez. A las nueve de la noche sonó el teléfono y pensé que sólo se había atrasado, pero que finalmente era él. No: era mi tío Antonio, que me preguntó si de regalo quería una papa o una zanahoria. Después agregó que era un chiste pero no tanto, porque andaba con poca plata y no le alcanzaba para la pollera que me quería comprar. Dijo si me gustaría un castillo hecho con escarbadientes. Le contesté que era perfecto.

Cuando ya me había convencido de que no iba a llamar, volvió a sonar el teléfono. Eran las doce menos cinco de la noche y mientras Mimí atendía pensé que técnicamente aún era mi cumpleaños y él estaba a tiempo. Pero no: era equivocado.


Siempre me pone un poco nerviosa hacer una fiesta. Cuando falta poco para que lleguen los invitados me suele atacar la idea de que no va a venir nadie, o peor, que vendrá únicamente el que peor me cae y tendremos que mirarnos las caras solos durante cuatro horas. También es normal que me agarre una tremenda indecisión sobre qué ponerme y me cambio seis o siete veces. Todo eso me sucedió, pero esta vez no fue tan grave porque quince minutos antes de la hora de la invitación tocaron el timbre y era Daniel. Me trajo de regalo un disco. Lo pusimos a todo volumen y cantamos juntos a los gritos una parte que dice *me gusta el rock, el maldito rock, siempre me lleva el diablo...* Tuvimos que callarnos cuando vino Mimí a decir que las paredes estaban temblando y se iban a quejar los vecinos.

Después llegaron los demás. Éramos quince y todos parecían muy contentos. Escuchamos música, bailamos, contamos chistes, comimos muchas papas fritas y sándwiches, soplé las velas y pensé tres deseos que no le dije a nadie. Al final, cuando mi mamá ya se había ido, jugamos a la botellita. A mí me tocó darme un beso con Daniel y todos se rieron, porque supongo que ya sabían lo nuestro, o lo sospechaban. Después él me agarró la mano delante de los demás, así que en ese momento nos convertimos oficialmente en novios.

Cuando se fueron todos miré mis regalos. Había dos remeras, un libro, una pulsera, un perfume, un anillo, una billetera y algo verde con patas que no se entendía, pero traía un papel que decía que era para pegar en un vidrio. Salvo el asunto verde, era todo muy lindo. Cuando estaba por tirar los papeles me di cuenta de que en la bolsa donde venía el disco de Daniel había una tarjeta que no había visto antes. Decía: "Feliz cumple. TKM. Daniel". Por si no lo saben, "tkm" significa te quiero mucho. Me sentí muy bien y casi no pensé en mi papá en todo el día.

Llamó en la mañana del domingo y dijo que el viernes había estado trabajando fuera de la ciudad, en un lugar en que no había teléfonos, pero no le creí. Resultaba evidente que mentía. Además se confundió y en un momento dijo que yo había cumplido doce. Le contesté que no sólo llamaba dos días después, sino que estaba un año atrasado.

 Me pidió disculpas. Después volvió a decir que el enano y yo podríamos ir a Bariloche en el verano. Ya tenía todo pensado, se iba a tomar unos días de vacaciones y podríamos hacer paseos por las montañas y los lagos, y pasar varios días en una cabaña. Le dije que tal vez, pero aún quería pensarlo. Entonces mencionó lo que se estaba guardando en el bolsillo hacía tiempo: que tenía una novia y le gustaría que nos conociera. Me cayó como una piedra y le contesté que yo no sabía si la quería conocer. Fue un comentario horrible, pero así me salió.

Decidí que ese domingo sería mi último día como estatua. El Rey había estado trabajando con Carmen y al parecer las cosas iban muy bien: en dos semanas más empezarían a mostrarse en Plaza Francia. Podría haber seguido con él un poco más, pero consideré que había motivos para dejarlo. El calor me agobiaba, mi papá me agobiaba y Daniel no me agobiaba, pero me invitaba a hacer cosas más interesantes que posar de estatua.

Así que el domingo me fui a la plaza con el resto de mi torta de cumpleaños, para que festejáramos el fin del asunto. El Rey me había comprado de regalo una remera con la imagen de una estatua: un tipo sentado que se sostenía la cabeza con la mano. Me dijo que se llamaba *El pensador* y quería que fuese un recuerdo de mis días como estatua. La voy a guardar toda la vida, le contesté, aunque esté vieja, chica, desteñida y sucia. Me dijo que al menos la podía lavar.

Después se la pasó hablando de Carmen, del nuevo traje que estaba preparando y de lo bien que les estaba saliendo la estatua. Estuve por preguntarle si se había enamorado, pero no me animé.

No estuvimos mucho tiempo en el pedestal. Había poca gente, pero creo que en realidad no era tanto por eso como que ya los dos pensábamos en otra cosa. Cuando terminamos, él se bajó y me tendió la mano con mucha ceremonia.

—Querida Princesa —dijo con su voz gruesa de rey—, ha sido un placer compartir el trono contigo.

Después comimos torta, brindamos con agua, nos abrazamos y dijimos que íbamos a seguir en contacto.

Cuando me fui me sentía rara, una mezcla de contenta y triste.

En la esquina lo vi a Pato. Le grité un saludo e intenté seguir caminando, pero él me pidió que lo esperara mientras limpiaba el vidrio de un auto. Después se acercó corriendo.

—Ya tengo casi todo para ser estatua y estuve practicando bastante —me dijo sin aliento.

Quería mostrarme sus avances. Solté mi bolso, me senté en el pasto y le dije que empezara. Definitivamente, había mejorado. Incluso lograba cierta gracia cuando cambiaba de posición, pero todavía le temblaban las piernas y dejaba la boca levemente abierta, en un gesto que quedaba bastante tonto y muy poco real. Real de realeza, digo.

Yo lo felicité y le sugerí que cerrara la boca o se iba a tragar una mosca. Después le conté que ya no sería más estatua y que el Rey se mudaba a la Recoleta con su amiga, de modo que podía ocupar nuestro lugar. Era un buen lugar. Pato sonrió.

—Genial.

Ya tenía el maquillaje y los guantes, su abuela le estaba cosiendo la capa y para lo demás se arreglaba con sábanas y ropa vieja.

—Sólo tengo que comprar la corona.

Pensé que podía darle la mía; finalmente no pensaba volver a ser princesa por un tiempo. La saqué de mi bolso y le pedí que se agachara, porque es más alto que yo.

—En este solemne acto, yo, la Princesa Flor, te corono rey de la plaza —dije, mientras se la colocaba.

Le quedaba bien, pero intentó hacer una reverencia y se le cayó.

—Soy un idiota.

Le contesté que no se preocupara, que hasta los reyes tienen que aprender.

# 19

Dos sábados más tarde todos estuvieron de estreno. El Rey me había avisado dónde iban a ubicarse él y Carmen y decidí ir a verlos. Cuando llegué a Plaza Francia no tuve que buscar mucho: los rodeaba una multitud que no hacía más que lanzar exclamaciones y suspiros. Habían decidido representar *El beso*, de Rodin, y estaban perfectos, igual que la estatua original. Pero no vayan a creerse que igual del todo, porque ellos no estaban desnudos: tenían una especie de malla color marfil que les cubría todo el cuerpo. El Rey apoyaba sus labios sobre los de Carmen y ninguno de los dos movía un músculo.

—Increíble —decía una señora mientras un ejército de japoneses les sacaban fotos—. Se ve que se quieren.

Yo no sé si eso se veía, pero me pareció que no era la primera vez que estos dos se besaban. Había un aire a costumbre en el asunto. Me quedé un rato sentada en un banco mirándolos.

Tenían un éxito fantástico, tal como había previsto Carmen: la alcancía ya debía estar llena. Mientras esperaba que se tomaran un descanso para saludarlos, di unas vueltas por la plaza que ese día explotaba: gente paseando, vendedores, supuestas adivinas que juraban ver el futuro con cartas o caracoles, madres y padres cargando bebés y artistas de todo tipo que intentaban hacer algún espectáculo. Había una pareja que bailaba tango para los turistas, un payaso aburrido, un dúo de malabaristas y una chica vestida de araña peluda que pretendía convocar chicos para una obra de teatro; pero cuando se les acercaba, los chicos salían corriendo porque daba terror. Los chicos muy chicos, claro, no los *preadolescentes* como yo (el término es el último descubrimiento de Mimí), que sabemos distinguir entre arañas de mentira y arañas de verdad. Lo de la preadolescencia, según dice mi madre que leyó en algún lado, es una época en la que uno se pone muy molesto. Yo le dije que debo ser la excepción, porque molesto poco. Contestó que eso estaba por verse.

Me quedé enganchada con un mimo fabuloso que se esforzaba en subir una inexistente escalera y una vez que estaba arriba tenía un ataque de vértigo y no podía bajar. De pronto me di cuenta de que yo era la única que se reía: no sé si porque los demás no entendían ni jota lo que estaba sucediendo o porque me imaginaba algo mucho más gracioso de lo que en realidad pasaba.

Cuando regresé, el Rey y Carmen estaban descansando. Les dije que el de ellos era el beso más lindo del mundo. Después el Rey me preguntó qué iba a hacer ahora que no era más estatua y le contesté que pensaba tomar clases de teatro y en el verano iría a Bariloche a ver a mi papá. En realidad no tenía claro nada de eso hasta que lo dije, pero se ve que ya lo había decidido y no me había dado cuenta. De todas formas, la parte de la novia de mi papá todavía no me convencía para nada.

Al rato ellos volvieron a besarse y yo me tomé el colectivo hacia mi plaza. En el camino, oí la conversación de dos señoras sentadas al lado mío. Hablaban del calor, de que ya se venían las fiestas de fin de año, de que el tiempo se pasaba muy rápido.

—Para mí éste fue un año difícil —dijo una—. Pasaron muchas cosas y la mayoría no fue buena.

Yo me puse a pensar que también a mí me habían pasado muchas cosas y ahí mismo decidí elaborar dos listas: lo mejor y lo peor del año. La primera me salió muy rápido y después la escribí en mi cuaderno.

> Lo mejor del año
> 1) Daniel.
> 2) Ser estatua.
> 3) Hacerme amiga del Rey.
> 4) Que el cuerpo me empezó a cambiar.

Me quedé pensando un rato en la lista de lo peor, pero sólo me vino a la cabeza una cosa y fue todo lo que pasó con mi papá. Así que al final decidí no escribirla, porque ya se sabe que una lista con un solo elemento no es lista.

En la plaza, Pato ya se había ubicado en nuestro antiguo lugar. Cuando me acerqué vi que una mujer con un nene le ponía una moneda. Él se movió lentamente y sin dejar la boca abierta. Bastante bien, me pareció a mí, aunque todavía le temblaban un poco las piernas.

Di unos pasos hacia él y observé su traje. Impecable. Tal vez el maquillaje era un poco escaso y dejaba transparentar levemente su piel, pero era un detalle que pocos notarían. Lo que se veía demasiado claramente era su cara de pánico. Cuando todos se fueron, me acerqué más, le sonreí y dije en susurros, para que nadie oyera:

—No te preocupes. También las estatuas tienen miedo.

No me contestó nada. Hizo bien: cumplía con la regla número uno de una buena estatua. Estaba aprendiendo.

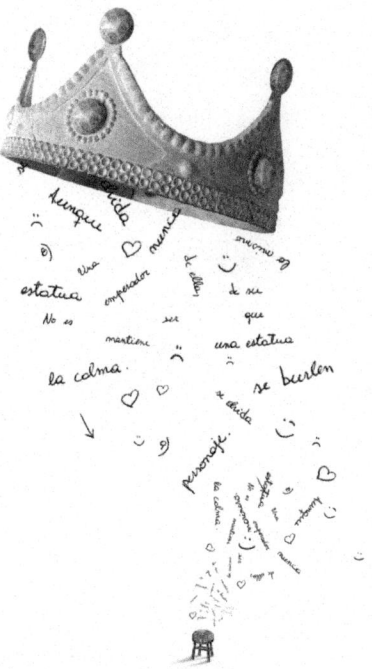

# Índice

1 . . . . . . . . . . . . . . . . . . . . . . . . . . . . . . . 9
2 . . . . . . . . . . . . . . . . . . . . . . . . . . . . . . 17
3 . . . . . . . . . . . . . . . . . . . . . . . . . . . . . . 27
4 . . . . . . . . . . . . . . . . . . . . . . . . . . . . . . 35
5 . . . . . . . . . . . . . . . . . . . . . . . . . . . . . . 43
6 . . . . . . . . . . . . . . . . . . . . . . . . . . . . . . 51
7 . . . . . . . . . . . . . . . . . . . . . . . . . . . . . . 59
8 . . . . . . . . . . . . . . . . . . . . . . . . . . . . . . 67
9 . . . . . . . . . . . . . . . . . . . . . . . . . . . . . . 73
10 . . . . . . . . . . . . . . . . . . . . . . . . . . . . . 79
11 . . . . . . . . . . . . . . . . . . . . . . . . . . . . . 89
12 . . . . . . . . . . . . . . . . . . . . . . . . . . . . . 97
13 . . . . . . . . . . . . . . . . . . . . . . . . . . . . 103
14 . . . . . . . . . . . . . . . . . . . . . . . . . . . . 111
15 . . . . . . . . . . . . . . . . . . . . . . . . . . . . 117
16 . . . . . . . . . . . . . . . . . . . . . . . . . . . . 123
17 . . . . . . . . . . . . . . . . . . . . . . . . . . . . 129
18 . . . . . . . . . . . . . . . . . . . . . . . . . . . . 135
19 . . . . . . . . . . . . . . . . . . . . . . . . . . . . 143

# Andrea Ferrari

Nació en Buenos Aires. Se graduó como traductora lite raria de inglés, aunque desarrolló su carrera profesional en el periodismo. Su primer libro infantil fue *Las ideas de Lía*, publicado en 2001. Dos años después, la novela *El complot de Las Flores* obtuvo el premio internacional Barco de Vapor, concedido en España, y fue traducida al portugués y al coreano. Es también autora de las novelas *Café solo* (2004), *Aunque diga fresas* (2006) y *El hombre que quería recordar* (2005). Esta última fue incluida en la selección White Ravens 2006 de la Internationale Jugendbibliothek de Munich (Biblioteca Internacional de la Juventud). También publicó *La rebelión de las palabras* (2004) en la colección Leer es Genial de Ediciones Santillana. En Loqueleo está publicado también *El camino de Sherlock*.

**Aquí acaba este libro**
escrito, ilustrado, diseñado, editado, impreso
por personas que aman los libros.
Aquí acaba este libro que tú has leído,
**el libro que ya eres.**